永远鲜亮的红

——清远市第二届"红色日记"征文获奖作品集

谢士新　唐德亮　江绍勇　主编

北京燕山出版社

图书在版编目（CIP）数据

永远鲜亮的红：清远市第二届"红色日记"征文获奖作品集 / 谢土新，唐德亮，江绍勇主编 . — 北京：北京燕山出版社，2021.12

ISBN 978-7-5402-6282-2

Ⅰ.①永… Ⅱ.①谢… ②唐… ③江… Ⅲ.①散文集—中国—当代 Ⅳ.① I267

中国版本图书馆 CIP 数据核字 (2021) 第 241964 号

永远鲜亮的红——清远市第二届"红色日记"征文获奖作品集

主　　编：谢土新　唐德亮　江绍勇
责任编辑：战文婧
装帧设计：书点文化
出版发行：北京燕山出版社有限公司
社　　址：北京市丰台区东铁匠营苇子坑 138 号
邮　　编：100079
电　　话：010-65240430（总编室）
印　　刷：成都蓉军广告印务有限责任公司
开　　本：880mm×1230mm　1/32
字　　数：225 千字
印　　张：9
版　　次：2021 年 12 月第 1 版
印　　次：2021 年 12 月第 1 次印刷
I S B N　978-7-5402-6282-2
定　　价：68.00 元

编委会

红色的光芒永远照耀我们前进

——《永远鲜亮的红》序

谢土新　唐德亮

2021 年是伟大的中国共产党百年华诞。为迎接和庆祝这一光辉节日，广东省文化学会举办了第三届"红色日记"征文，清远市老区建设促进会与清远市退役军人事务局联合举办了清远市第二届"红色日记"征文大赛。这届征文大赛历时四个月，应征参评作品十分火爆，共收到参评稿件 1600 多件，比上一届增加了600 多篇。经评委专家认真评选，社会组、中学组、小学组共评出 150 多篇获奖作品。这次"红色日记"征文有如下几方面特点：

一、我市广大作者的热情高涨、来稿众多，令人欣喜与振奋。不仅成人作者积极参与，一大批中小学生也积极投稿参赛。有的学校老师不仅自己积极投稿，还发动本校本班的学生踊跃参赛。因此，出现了有的县（市、区）一间学校有两三百名学生投稿参赛的盛况。不仅本市作者积极参赛，还吸引了外市、外省的作者参赛，如广州、北京、武汉就有投稿参赛者。应征作者中，不仅有在职机关干部、教师、医生、在校学生，还有不少退休老人。

二、应征作品展示了作者较高的政治思想水平。作为庆祝建党一百周年的文学活动，主题重大、思想性极强，对应征作品思想水平要求较高。统观全部应征稿件，我们发现大部分都能紧扣"红色"与"中国共产党百年华诞"这一主题。这些作者，或直接歌颂中国共产党的百年光辉道路、中国共产党带领中国人民百年奋斗取得的天翻地覆沧桑巨变，或礼赞共产主义信仰，讴歌中国共产党领袖的思想、共产党英雄人物的精神风采，或阅读党史、红色经典……都显示出作者对中国共产党的热爱，对英雄人物的敬仰，对党史与红色经典的熟悉与热爱。比如《在江西，在云岭，我们缅怀冯达飞烈士》的作者不满足于对冯达飞烈士生平事迹的一般了解，还实地考察了江西、安徽等烈士工作、战斗过和牺牲的地方。从应征参评作品中可看出，作者们都对党充满了真挚的感情。

三、不少作品达到了一定的艺术水平。一些作者认真构思，精心剪裁，巧妙切入。"红色日记"既是征文，那就是一次创作。既是创作，那就不能随意。入选的许多作品都下了功夫，有的以探访革命老区、革命纪念地、红色旧址、纪念馆为切入与视角，叙事、抒情、议论相结合；有的纯以叙事为主，有的以议论为主。有的稿件写得精致、精练、精悍，具体、生动，语言鲜活、准确，富有激情与诗意，耐人寻味。

以上都是好的方面。但也存在一些问题与不足。主要有如下几点：

一是有的同志、同学对"红色日记"中的"红色"不甚了解，或了解不全面。何谓"红色"？查权威书刊的解释，政治上的"红色"代表共产主义、社会主义、马克思主义，共产党领导的革命与社会主义建设。如"红船""红区""红歌""红军""红旗""红色江山""红色信仰""红色基因""红色传承""红色血脉""红色书籍""红色诗歌""红色经典"等。习近平总书记在2021年中央政治局集体学习时指出:"红色血脉是中国共产党政治本色的体现","我们必须始终延续红色血脉,用党的奋斗历程和伟大成就鼓舞斗志,指引方向"。"革命博物馆、纪念馆、党史馆、烈士陵园等是党和国家红色基因库。要讲好党的故事、革命的故事、根据地的故事、英雄和烈士的故事,加强革命传统教育、爱国主义教育、青少年思想道德教育,把红色基因传承好,确保红色江山永不变色。"很明显,"红色日记"的内容与思想必须是反映共产党领导的革命与社会主义建设,但有不少来稿却弄不清"红色"含义,政治站位不清醒。这样的稿件,自然不能当作"红色日记"征文入选、获奖与出版了。

二是体裁不合要求。"征文通知"明明要求要用"日记的形式",但有的作者偏偏不写日记的时间,不像一篇日记体作品。按省里的要求、以往惯例及参照其他地方的评奖经验,对这类稿件采取或不予入选,或降等次处理。

三是一些稿件硬伤明显。时间、地点错误,文句不通,错别字时有出现,无法卒读。这些问题若出现在小学生的稿件中还稍可以理解,但作为社会组的成人作者,尤其是老师,则太不应该了。还有的稿件,思想含混,主旨不明,结构杂乱,以后有待注意改进。对少数作品的错误与硬伤,编选出书时做了订正。

清远市是有丰富红色资源的地区。早在1924年,共产党人就在清城的石板村组织了清远地区第一个农会,1925年5月,由我党领导的革命武装——清远县农民自卫军大队建立;1927年4月25日,党组织领导了英德武装暴动,成立了北江地区第一个县级革命政权——英德县政府委员会……无论是土地革命,还是抗日战争、解放战争,清远的革命斗争从未停止过,涌现出赖松柏、刘裕光、冯达飞、冯光等一批批英烈，他们的光辉业绩光照后人。新中国成立后，也诞生过一大批英雄模范。赓续红色血脉，传承红色基因，讲好清远故事，对全市广大作者来说，大有可为。当然，"红色日记"描写的对象并不仅仅局限于清远这一区域范围，本次征文的来稿与获奖作品就有不少写其他地方的红色内容的。

清远市老区建设促进会与清远市退役军人事务局一贯积极挖掘老区的革命精神，推动继承"红色血脉"，弘扬"红色传统"。举办"红色日记"征文活动是两家单位响应习近平总书记的号召，"把理想信念的火种、红色基因一代代传下去"的第一次联袂行动，今后还将继续举办下去，让"红色传统""红色精神""红色文化"在清远大地遍地开花、结果。

《永远鲜亮的红》是这次征文成果的检阅与荟萃，它的出版，对推动我市红色基因的传承定会产生良好的作用。

"红船"在破浪前进，红旗在迎风飘扬，红色中国屹立在东方，红色的光芒照耀我们永远前进，红色道路通向迷人的远方……让我们的"红色日记"不断续写下去，写出更绚丽多彩的篇章！

（谢土新系清远市人大常委会原副主任、现清远市革命老区建设促进会会长，唐德亮系广东省作家协会理事、省作协诗歌委员会副主任、清远市文联副主席）

目 录

contents

社会组

1

3

中学组

小学组

9

社会组

在江西，在云岭，我们缅怀冯达飞烈士

连州市博物馆　黄志超

2021 年 3 月 2 日　星期二　晴

　　为进一步了解连州人、新四军教导总队副总队长兼教育长、新二支队副司令员、著名的军事教育家冯达飞烈士的光辉事迹，今天下午，我们来到江西永新县红军学校第四分校旧址，缅怀冯达飞校长早期军事教育生涯。

　　红军学校第四分校原名河西教导队，成立于 1931 年 4 月，队址在永新县福音堂，冯达飞任队长。1931 年 12 月，正式定名为中国工农红军学校第四分校，校址在永新县考棚（现为任弼时故居，在任弼时中学内，全国重点文物保护单位），冯达飞任校长。

　　在东里颜氏大宗祠，讲解员绘声绘色地介绍，1932 年下半年，红军四分校迁至东里颜氏大宗祠。该校设军事队、政治队、特科队三门专业学科，平时以学习和训练为主，战时配合主力部队牵制和打击敌人，是集军事训练与政治学习于一体的培训班。军事训练有枪弹射击的有效距离、射击要领、投掷手榴弹、模拟战斗等。政治课主要学习马列主义基本常识，"俄共党史"和"中国革命和中国共产党"等课程，学校共开办了五期，培训学员 2500 余名。冯达飞校长培养出来的军事人才，为保卫、巩固和发展湘赣苏区发挥了重要作用。冯达飞担任校长期间，参加了第二、三、四、五次反围剿斗争，他的军事才能得到了充分发挥。

我们考察了福音堂、永新县考棚、东里颜氏大宗祠。永新县政协和县文物局领导陪同考察。

通过和永新县政协、县文物局，以及与暨南大学李胜利教授交流，我们终于明白了红军学校第四分校教材之一《红军步兵筑垒》，原来是留学过苏联的冯达飞校长于 1933 年 8 月 24 日从俄文教材翻译过来的。我们根据《陶汉章回忆录》，找到了 1934 年在苏区出版的《红色中华》报上发表的冯达飞的军事连载文章《军语小词典》。《红色中华》报创刊于 1931 年 12 月 11 日，是中共中央和苏维埃中央政府的机关报。

我们还查找到了冯达飞在湘赣军区任参谋长时编写的军事教材《阵中要务令摘要问答》。这些文章丰富了著名军事教育家冯达飞的研究史料。这也是冯达飞在苏联学完飞行和炮科后，继续游学基辅兵种混成将校班学习的成果之一。

在此，我们深感冯达飞和他的战友们，用他们的血与肉，为国家、民族谱写了一曲铿锵的壮丽乐章。

2021 年 3 月 3 日　星期三　晴

今天下午 3 点，我们驱车来到江西省上饶市信州区，考察了上饶集中营名胜区。上饶集中营是冯达飞烈士英勇就义的地方。

上饶集中营是"皖南事变"的历史产物。新四军教导总队副总队长兼教育长、新二支队副司令员冯达飞在震惊中外的"皖南事变"中受伤被捕，与叶挺将军一起被关押在上饶集中营。狱中，冯达飞坚贞不屈，1942年被秘密杀害于上饶集中营茅家岭雷公山麓，年仅41岁。

我们怀着崇敬的心情，来到上饶集中营名胜区革命烈士纪念碑前。纪念碑掩映在苍松翠柏之间，碑上镌刻着"革命烈士永垂不朽"八个大字，格外肃穆庄严，令人肃然起敬。我们向革命烈士敬献花圈，并凭吊了烈士公墓和冯达飞烈士牺牲处——冯达飞纪念亭（又称革命烈士纪念亭）。1959年，政府根据当年目睹者记忆所及，在茅家岭雷公山北面挖掘出冯达飞等15具烈士忠骨。党和政府将烈士忠骨迁葬公墓内，并建此亭。青山绿水留浩气，苍松翠柏慰英灵。在纪念碑、公墓和冯达飞纪念亭前，我们集体默哀和三鞠躬，向冯达飞烈士表达了家乡人民的怀念和敬仰之情。

在上饶集中营革命烈士纪念馆展厅，我们看到了周恩来副主席在皖南事变发生后，为《新华日报》题写的题词："为江南死国难者志哀！""千古奇冤，江南一叶；同室操戈，相煎何急？！"

徜徉中，我在冯达飞相片前驻足许久。身着新四军军装的冯达飞英姿飒爽，面露笑容，神采奕奕地凝视远方。我想象着冯达飞在皖南事变中率部奋勇杀敌的一幕幕情景。在这里，我们发现了新四军教导总队女生队队长于晶的《忆冯达飞同志的二三事》，并获得上饶集中营纪念馆赠送的《上饶集中营人物名录》《上饶集中营革命斗争故事》《红色之旅：上饶集中营》等5本书，其中，《上饶集中营革命斗争故事》之《雷公山下留忠骨》详细地介绍了新二支队副司令员冯达飞在"皖南事变"中率领部队狠狠抗击敌人和他被捕后坚贞不屈、英勇就义的经过。

纪念馆展厅各种珍贵图片、文物、资料达四千余件。结合复原陈列和辅助陈列，以不同的形式再现老一辈无产阶级革命家的丰功伟绩。

2021 年 3 月 4 日　星期四　晴

今天清早 7 点，离开江西上饶，经过 5 个多小时的车程，我们到达了安徽泾县云岭，这也许是皖南事变发生 80 年后，家乡人第一次前往皖南缅怀冯达飞。

云岭，山脉绵延起伏，与黄山、九华山相接。山间云雾缭绕，潺潺的叶子河由东向西，注入青弋江。而新四军军部旧址，就坐落在云岭山麓的罗里村。在新四军军部旧址的门前广场上，矗立着一座叶挺将军的塑像，叶挺将军昂首挺胸，身披大衣，胸前挂着望远镜，手持拐杖，足蹬皮靴，神采奕奕地凝视远方。新四军军部旧址由种墨园和大夫第两个宅院构成，主要作为叶挺军长、周子昆参谋长的居住生活场所。讲解员介绍，1938 年 8 月至 1941 年 1 月新四军军部进驻云岭长达 2 年 6 个月。其余的如政治部、教导总队及各个分队、军械处、运输处、医务处、被服厂、服务团等，分散在云岭的各个村落。

我们跟随讲解员，来到新四军教导总队旧址。1938 年 1 月，新四军军部进驻岩寺，教导队扩建为教导营。1938 年 9 月，又扩大建为新四军教导总队。教导总队设在云岭中村乡董家村。教导总队队长周子昆，副总队长兼教育长冯达飞在此居住和办公。教导总队学员，除一部分来自新四军各支队的军政干部，大多是来自江南各沦陷区的抗日爱国青年，还有少数来自东南亚各国的爱国青年。教导总队以"团结紧张、严肃活泼"为队训，以"为人民解放事业随时准备牺牲自己"为宗旨，总计办了六期，鼎盛时期曾设十三个分队，新四军教导总队为新四军培养了大批军政人才，被誉为"皖南抗大"。讲解员继续介绍，新四军教导总队总队长由新四军副参谋长周子昆兼任，实际工作是冯达飞抓的。他除抓全面工作外，还亲自给学员讲授军事战术课，带领学员到操场进行实地操练，如打靶、刺杀、射击、投弹和实弹演习，并结合在江南地区平原、丘陵、水网、村落多的特点进行授课。他对学员说："为了打败日本侵略者，我们在课堂上多流汗，在战场上就可少流血，把国家仇、民族仇用到刻苦学习上。"就这样，冯达飞为前方部队和地方党组织输送了一批又一批军事干部，他们成了抗战的骨干力量。从 1938 年至 1941 年 1 月，教导总队培训军事干部 4000 多人，冯达飞为提高我军的军事素质，做出了重大贡献。大家怀着崇敬的心情在冯达飞的卧室内流连驻足凭吊。

在云岭新四军军部旧址纪念馆及教导总队旧址，我们获赠《新四军在皖南》等 8 本书刊，这些书刊明确指出，冯达飞主持新四军教导总队的军、政、文的日常训练工作，为新四军培养了大批军政人才。

沿着革命先烈的足迹，拂去岁月的风尘，追寻冯达飞的足迹，追忆和凭吊冯达飞的革命业绩，我们作为家乡人，感到无上光荣与自豪。

赤胆忠诚为祖国

——致敬喀喇昆仑高原卫国戍边英雄

英德市新闻中心　刘海军

2021 年 2 月 19 日　星期五　晴

今天，2021 年 2 月 19 日，农历辛丑年正月初八，春节后上班第二天，天气晴朗。

晚上 7 时，习惯收看央视《新闻联播》的我，被一条重磅消息紧紧地抓住了心：中央军委向驻守在喀喇昆仑高原西北边陲某边防部队、在捍卫国家主权和领土完整斗争中光荣负伤的团长祁发宝授予"卫国戍边英雄团长"荣誉称号；向英勇牺牲的营长陈红军追授"卫国戍边英雄"荣誉称号；给斗争中英勇牺牲的陈祥榕、肖思远、王焯冉三位战士各追记一等功……

雪山回荡英雄气，风雪边关写忠诚！

这一瞬间，我热泪盈眶，我热血沸腾，我满怀敬意。

这是一支英雄部队，这是一个英雄群体，这是新时代最可爱的人，这是和平年代中国钢铁长城坚实牢靠的"墙砖"，他们在这里发出"宁洒热血、不失寸土"的铿锵誓言，这是"使命所系、义不容辞"的肺腑之辞，是"我们身后就是祖国，当祖国受到侵犯时，唯一的选择就是冲锋在前"的责任担当！

我用仰视的目光，追寻着他们的英雄壮举。对这些新时代最可爱的人，我唯一能做的就是：肃然起敬！

这一刻，我的脑海里掠过了当天《解放军报》文章里的一行文字：巍巍喀喇昆仑，座座雪峰耸立；千里热血边关，遍地英雄屹立。

这一刻，我的脑海里，浮现了喀喇昆仑守边护边解放军的英雄形象：像钉子一样，牢牢钉在战位上。

这一刻，我的脑海里，展现了解放军的喀喇昆仑精神：决不能把领土守小了，决不能把主权守丢了！

英雄勇敢无畏，只因责任在肩。

戍边官兵敢于斗争、敢于胜利，来源于誓死捍卫祖国领土的赤胆忠心，来源于一不怕苦、二不怕死的战斗精神。

诚既勇兮又以武，终刚强兮不可凌。越是严峻复杂的斗争，一线官兵越是艰险越向前，生死关头更凛然。

祖国山河终无恙，守边护边志更坚。"宁将鲜血流尽，不失国土一寸"，刻进了官兵的头盔里，刻进了官兵的衣服上，也刻印在他们青春的胸膛里。

赤胆忠诚，皆为祖国！

战士肖思远在战地日记里这样写道："走在喀喇昆仑，我们就是祖国的界碑，脚下的每一寸土地，都是祖国的领土，无比自豪！"

战士陈祥榕写下了自己的战斗口号："清澈的爱，只为中国。"

战士王焯冉在递交入党申请书时说："希望组织能在任务中考察自己，在斗争一线考察自己。"

营长陈红军在曾经看过的一本书上特意标注了一段话："党把自己放在什么岗位上，就要在什么岗位上建功立业。"

团长祁发宝勘察天文点前哨时感慨不已："老前辈在那么艰苦的条件下都能坚守边防一线，现在我们更应该担起责任，把边防守好。"

……

在边防斗争中，他们用青春和热血践行了自己的誓言。

万千战士如斯，万里边关如铁。

您为祖国守防，您为人民戍边；祖国为您授功，人民为您点赞！

就在今天，全国知名诗人高凯怀着无比崇敬之情，创作了一首诗歌《给戍边的生死英雄画像》，道出了全国各族人民的共同心声：

把你们头顶的帽檐儿／画成祖国的屋檐／把你们的眼睛／画成祖国夜空里的星星／／把你们身上的绿军装／画成祖国的植被／把你们脸上的皮肤／画成祖国皲裂的疆土／／把祖国的山峦／画成你们的英姿／把你们的河流／画成祖国血脉长流不息／／把你们的足迹／画成一幅国画／把你们鲜活的灵魂／画成一群嘶鸣的战马／／把你们画成祖国的界碑吧／把你们画成墓碑／把你们画成你们吧／把你们画成一座丰碑／／生者为我们而死／死者为我们而生／给戍边的生死英雄画像／必须把国旗画上！

又是一年春草绿，依然十里杏花红。今天，放眼华夏大地，山河如故，平静安宁；万家团圆，一片祥和；社会局面，井然有序。

今生无悔入华夏，来世还做中国人。我的耳旁，仿佛还回荡着新时代最可爱的人、我们的人民子弟兵的庄严宣示——

大好河山，寸土不让！

祖国静好，我们护航！

走进南泥湾

连州市残联　何桂梅

2020 年 10 月 21 日　星期三　晴

"花篮的花儿香，听我来唱一唱，唱一呀唱，来到了南泥湾，南泥湾好地方，好地呀方，好地方来好风光，好地方来好风光，到处是庄稼，遍地是牛羊……"这首《南泥湾》，相信很多人都耳熟能详。它热情歌颂了开荒生产建立功勋的八路军战士，歌颂他们把荒凉的南泥湾改造成了美丽的"江南"。我从小听着这首歌长大，那优美、抒情的旋律，听起来别有一番风味，带给人一种美的享受，更让我对南泥湾向往不已。

2020 年金秋十月，我终于走进了南泥湾。在车上，导游给我们讲起了垦荒南泥湾那段悲壮而又充满革命浪漫情怀的历史：抗日战争进入相持阶段后，敌军的封锁和边区的灾荒给陕甘宁边区带来极大的经济困难。1940 年秋，八路军 120 师 359 旅奉命开赴南泥湾屯田开荒。在王震旅长的率领下，广大官兵用自己的双手和汗水经过三年艰苦奋斗，终于将荒无人烟的南泥湾变成了"平川稻谷香，肥鸭遍池塘。到处是庄稼，遍地是牛羊"的陕北好江南，为边区的经济建设做出重要贡献，由此形成了以自力更生、艰苦奋斗的创业精神，敢于征服困难的革命英雄主义和革命乐观主义精神为主要内容的南泥湾精神……我一边听讲解，一边闭目遐思，心早已飞向了那片"陕北的好江南"。

遐思中，突然听见导游说南泥湾到了。我睁开眼，只见一条宽敞的公路在纵横沟壑里穿过，公路两侧是成片的稻田，一大片金灿灿的稻谷在阳光的照射下闪着点点亮光。眼前的南泥湾，果然一派绿水青山的"小江南"景象，我情不自禁地放声高歌："来到了南泥湾，南泥湾好地方……"

我们先参观了党徽广场，在硕大的红色党徽前合影留念，随后来到南泥湾国家湿地公园，领略南泥湾"天水蓝、湿地绿，头巾白、塬土黄、革命红"的新画卷，最后来到南泥湾大生产展览馆，驻足在一幅幅照片前，认真观看一件件展品。一件件打满补丁的旧衣、一幅幅褪色的历史照片，以及简单粗糙的劳动工具，诉说着革命先辈克服重重困难，屯田垦荒，全力支援前线的感人历史，我们仿佛穿越到了当年开荒屯田的现场，感受轰轰烈烈大生产运动的艰辛和火热。

行程中，我深深地被南泥湾精神感动着、鼓舞着、激励着，心里暗暗发誓，一定要像革命先辈那样自力更生、艰苦奋斗，在工作岗位上建功立业，让南泥湾精神永放光芒。离开的时候，我再次情不自禁地放声高歌："如今的南泥湾，与往年不一般，再不是旧模样，是陕北的好江南……"

观连樟后感

英德市大湾镇中心小学　巫素霞

2020 年 4 月 10 日　星期六　晴

今天，我心中揣着几分激动，一早坐上"乡村振兴号"，去了一个特别的地方——连樟。这一网红村，因我的姨丈，我与它无形中结下了缘。连樟村的美丽蜕变，向全国人民展露她新时代的容貌，让我目睹了"乡村振兴"的脱贫故事，切身感受到了中国共产党的红色精神。

自强不息　团结统一

在此行之前，十几年来，我都是以探访亲戚的形式走进连樟村的。我永远清晰地记得第一次来连樟村的情形。那时只有一条窄窄的、崎岖无比的泥土山路通向连樟，路面坑坑洼洼，雨水集聚，泥泞不堪。车子盘旋在蜿蜒崎岖的小路上，我看着

12

旁边没有护栏的深沟险壑，心惊胆战。走进连樟村，出现在眼前的是黄土房子，黄土地板，斑驳的墙面，昏暗的灯光，到处都是贫困的见证。

今天，当我站在习总书记来到连樟村考察时与村民谈话的地方时，回想起他的一句"全面小康路上一个不能少，脱贫致富一个不能落下"。正如在红军万里长征过程中，不管遇到多少艰难困苦始终不放弃目标的大无畏革命精神。扶贫工作，何尝不是一场"长征"。他的殷殷嘱托使村民们备受鼓舞，激起了撸起袖子脱贫致富的雄心壮志。村民们在连樟村党支部的带领下，传承了红色精神，团结一致，采用"帮扶"模式，共同奋斗，共建美丽连樟。如今，连樟村一改贫困落后面貌，映入眼帘的是古朴庄重的牌坊，一幢幢粉刷一新的民居错落有致，一排排新建的厂房拔地而起，还有全新的服务中心、文化中心……她的蝶变深深地震撼着在场的每一位，让我们看到了当地村民们对红色基因的传承，看到了他们团结一致、努力奋斗的追梦人的精神。

听党话，跟党走，以红色精神为动力，才不会在追梦的前进路上迷失方向。

勇于奋斗　甘于奉献

当我伫立在连樟村青山绿水之间，凝神看着刻有"乡亲们一天不脱贫，我就一天放不下心来"的大石，感受到了习总书记亲民、爱民、为民的情怀。

没有人生来就伟大，小人物也有大情怀。他是一名普普通通的农民；他只在村里担任一个不起眼的村干部角色，但他身上有着革命的红色基因，让他勇于奋斗，甘于奉献。他，名叫陆国算，就是我心中敬佩的姨丈。这些年，姨丈和阿姨承包了山地种植橘子和竹笋，勤俭持家，通过自己的勤劳致富，现建起了三层的小楼房。他担任村主任后，为村民的事跑前跑后，为村民排忧解难。他为了工作，从来不计较个人得失，甚至顾不上自己的安危。2019 年 11 月，姨丈的背部长了一个皮下囊肿，医生叮嘱虽然暂时不会危及生命，但越早做手术越好。姨丈安排好村务工作后才入院做了手术。住院期间，总是为了村里的事情紧锁眉头，彻夜难眠，最后不听医生劝，强行出院。回到村后，不叫一声苦，不喊一声累，立马值守岗位。姨丈工作认真、任劳任怨的大情怀深得群众好评，被评为连樟村"支持发展先进个人"，他的家庭被评为"清远市最美家庭"。姨丈艰苦奋斗、甘于奉献的精神一直激励着我，让我明白，虽然我只是一名普普通通的人民教师，但只要身上流淌着党的"红色"血液，有着爱的情怀，做到心中有爱，努力奋斗，将它付诸教学的实际行动当中，也能为中华民族伟大复兴的中国梦贡献自己的一份力量。

征途漫漫　唯有奋斗

今天眼中的连樟村，从贫困到脱贫，见证了党带领人民团结奋斗的业绩。身为党员教师的我，深知教书育人是一项长期而细致的工程，更应铭记共产党人的初心与使命，以党的红色精神为支柱，在教育事业的征途中不懈奋斗！

追寻那抹永不褪色的红

连州市统计局　谭灯材

2021 年 4 月 2 日　星期五　小雨

那一抹红色，从浩荡湟川里扬帆驶出，在血色波涛中搏击起航；

那一抹红色，从巾峰山上冉冉升起，在雨雪冰霜中苗壮成长；

那一抹红色，从地下银河内光荣诞生，在革命浪潮中风雷激荡。

——题记

追忆历史，缅怀先烈。在清明节来临之际，单位全体党员怀着崇高的敬意，前往清远市东陂镇参观冯达飞将军故居及其纪念馆，瞻仰英雄，寄托哀思，重温中国近代那段波澜壮阔的革命史诗。

一路上，草木葱茏、苍翠欲滴。天空灰蒙蒙的，下起毛毛细雨。我的内心久久不能平静。回首往昔，思绪纷飞，遥想东陂古镇，是土地革命战争时期的重要根据地，宛若一朵璀璨的红莲。在那个动荡的年代，这里有硝烟弥漫的战争，有可歌可泣的事迹，而今时移世易，当年的战争痕迹不复存在，留下的只有万古长存的红军精神。

来到东陂镇，走过始建于明末清初，素有"章龙"之称的青石板街道，感觉处处龙飞凤舞，步步栩栩如生。接着，转入达飞巷，一栋两坡顶两层砖木式结构的老屋映入眼帘。泛青的砖墙，高高的屋檐，大门上方悬挂着一块"光荣之家"红底金字牌匾，这便是我们此行的目的地——冯达飞将军故居。

我们怀着沉重的心情，迈入将军故居，跨进大门，转过照壁，一座辟天井竖立眼前，左右是古朴典雅的厢房。岁月无情，沧桑有迹，当细雨轻轻地滴落屋檐下，"滴答""滴答"声响起，仿佛在回溯屋主人那一段峥嵘岁月。

离开将军故居，我们穿过墙门，沿着苔痕点点的石板路，继续参观将军纪念馆。石径两旁，花木扶疏、绿盖成荫。纪念馆分上下两层，占地1000平方米，建筑面积300平方米，馆内共分将军青年时代、广州起义、百色起义立头功、中国工农红军第一位飞行员等十个主题，向后人全面展示将军彪炳青史的功勋。

朱红色的圆柱，简朴的窗户，古香古色的飞檐翘角，可谓庄严肃穆。雨后的阳光从窗户中透进，将馆内照得窗明几净，屹立于纪念馆内的将军铜像，目光炯炯，直视前方，加之铜像身后那面鲜红的党旗，似喷薄欲出的旭日染就的晨曦一般，有一种气壮山河的风采。环顾四周，细看每一件革命文物，感觉都是在向我们展现出一幅幅生与死、血与火的风起云涌的历史画卷，都真实重现将军的光辉历程，令我们零距离感受到将军为中华民族解放事业鞠躬尽瘁的身影。

参观结束后，我们面朝将军纪念馆站定，握拳右举，重温入党誓词。当熟悉的誓言再次在耳边响起，我们每个人的思绪仿佛又飞回到自己入党宣誓那庄严而神圣的一刻……

老区村的年关喜事

英德市文旅局　邓国珍

2021 年 2 月 11 日　星期四　阴

今天是大年三十，早餐后，全家从英城回老家过年。离开乡下转眼 30 年了，每一次回去，都深切感受到家乡的发展变化。党的十八大以来，各级党委政府先后实施乡村公路、农房改造、美丽新村、脱贫攻坚等惠民政策和乡村振兴战略，乡下脱贫奔小康的步子迈得更快了。

车子从望埠转入汕昆高速，半个多小时到达东华出口。刚出收费站，见公路边站着一位老人带着两个小孩，嗨，原来是村里的本富兄弟带着他的孙子孙女。我停下车子，问他们等候什么，邀请他们一同坐车回去。本富五六岁的孙子高声说："叔公，我爸爸今天开新车回来！"交谈之下，得知本富的儿子在韶关做生意，今天买了新车开回来，孙子孙女缠着爷爷，从家里步行到高速路口等候。本富说："讲起来不好意思，村里做工做生意的后生仔个个买了车，儿子再不买就跟不上形势了！"说话间，一辆崭新的长城牌小车停在旁边，两个小家伙冲过去，本富儿子阿旭高兴地将他们抱到车上。

从高速路口到村里七八分钟。一条平坦的水泥公路从村口连通圩镇。20年前，这一带老区山区交通仍然较落后，一条坑坑洼洼的烂泥路成为村民们趁圩和连通外面的道路，出门全靠步行，去一趟镇里需要一整天。水泥路铺设从主干道延伸到每个自然村后，先是摩托成为时尚，接着班车运行，而今小轿车开进普通农家，祖祖辈辈走路和挑担成为历史，这是以往做梦也想不到的啊！

村头响起噼里啪啦的鞭炮声，显然是本富家人在迎接新车子。接着又听到清脆悦耳的舞狮子锣鼓声，一打听，原来是村里两户人家新楼进火。我迫不及待地带着儿子去感受热闹的气氛。两幢新楼的主人分别是阿牛和阿玖。三年前，全村20户人家有18户建起了两层楼房，只有他们两户一直居住在泥瓦房。前年精准扶贫工作队进驻后，将他们列为重点扶贫对象，每户无偿补助4万元帮助建楼房，还给他们规划了以后的生活出路。经过一年多的砌建装修，楼房全面建好了。

阿牛和阿玖很高兴，一个劲地往我们手里塞糖果、橘子。阿玖说："正等着你这个教书先生回来写对联呢！"说着拿出红纸笔墨。我建议儿子写，儿子笑着说："一人写一副吧！"我写的对联是："乡村振兴偏僻山寨展新貌；脱贫攻坚老区家庭建亮楼"！儿子接过笔一挥而就："新村新楼房感恩惠民政策；老区老百姓沐浴时代春风"！横批分别为："红红火火""迈向小康"！

新楼内外响起热烈的掌声和欢呼声，全村的男女老少都来祝贺了！

历史的选择

——读《党史必修课》有感

连山中学　　王道臻

2021 年 4 月 11 日　星期日　晴

合上这本由张珊珍主编的二十万字的《党史必修课》，马克思那句"我们的问题不是解释世界，而是改造世界"的经典论断跃出脑海。伟大的革命导师马克思怎么也不会想到，他的三大学说和共产主义的理想，最终由屹立在世界东方的文明古国，被一个名叫中国共产党的政党通过一百年坚韧不拔的实践，正在变成现实。这个世界上，也从来没有一个政党像中国共产党一样如此深刻地改变了中国乃至世界的面貌。由此可见，中国共产党不仅是历史的叙述者，更是历史的继承者和创造者。中国的现当代史就是一部中国共产党的成长史、创业史、奋斗史。

中国共产党为什么可以救中国，这应当是我们在阅读历史时着力思考的一个大问题。在积贫积弱的旧中国，饱受列强欺凌的中华民族，在各种各样救亡图存挽救民族危亡的学说中最终选择了马克思主义，选择了中国共产党。这不仅仅是一种历史的必然，也与我们党从诞生之初就一直坚持的立足中国现实，解决中国问题，艰苦奋斗、实事求是的初心与使命息息相关。正是凭着"打铁还需自身硬"的底气，凭着坚持走群众路线的豪气，凭着勇于探索实事求是的勇气，一步步从南湖的红船起航；在八一南昌起义的枪声中找到自我；在井冈山的八角楼点燃星火；在二万五千里长征中锤炼希望；在民族解放战争中解民倒悬；在社会主义建设中不懈探索；在改革开放的春风里绘就宏图；在新时代实现中华民族伟大复兴的征程中砥砺前行。

一百年，在漫长的人类发展历史上只是一瞬。但这一百年，对于中国而言却是一部波澜壮阔、凤凰涅槃的伟大变革。一百年的每一个重要节点，都有中国共产党作为中流砥柱，审时度势、把舵领航，或指引方向，或力挽狂澜。一代代中国共产党人前赴后继，薪火相传，从觉醒年代的革命先驱到战争年代的英雄儿女，再到祖国建设时期的时代楷模，一个共产党员就是一座丰碑，一个共产党员就是一面旗帜，千千万万的共产党汇聚成改变历史的洪流，在不畏牺牲的精神感召下，在时代使命的召唤下，铸就了我们今天固若金汤的红色江山。

铭记历史，是为了更好地开启明天。我们从哪里来，要往哪里去是历史需要回答的根本问题。百年的艰难曲折而成就斐然的中国共产党史留给我们的不仅仅是过去的思索更是对未来的激励。当前我们比历史上的任何时候都接近中华民族的伟大复兴目标。"实践是检验真理的唯一标准。"坚持马列主义，坚持中国共产党的正确领导，是经过一百年历史的伟大检验得出的历史答案。

今天，我们遭逢"百年未有之大变局"，国际格局风云变化，西方列强面对崛起的中国惶惶不可终日，想方设法意图阻挠我们前进的步伐。中国共产党以"伟大斗争，伟大工程，伟大事业，伟大梦想"的战略眼光和战略定力迎难而上，团结和带领中华民族劈波斩浪，不仅实现了几亿人民的脱贫奔康，更为世界的和平发展贡献中国智慧和中国力量。在构建人类命运共同体的征途上，中国共产党更是世界所仰望的坐标和希望。

"忆往昔峥嵘岁月稠"，回顾历史我们豪情万丈；"数风流人物还看今朝"，展望未来我们更是信心满怀。作为一名光荣的共产党员，学习和回顾党的百年历史是对自己灵魂的一次洗礼。学习了百年党史，更加坚定了共产主义理想信念的信仰。学习了百年党史，更加坚定了在本职岗位上努力奋斗的方向。学习百年党史，更加坚定了继往开来的勇气和时代担当。

走进老区秦皇山

清远市老促会　李秀红

2021 年 5 月 2 日　星期日　晴

今天我回家乡——革命老区秦皇山山心村度假，除了有浓浓的乡情，还有见证家乡变化的喜悦。我曾在清远县秦皇供销社工作，对秦皇山有着不一般的情感……

秦皇山是解放战争时期的革命老区，粤桂湘边纵队在这里建立了革命根据地。山心村钟氏祠堂曾经是粤桂湘边纵队司令部旧址。1946 年 8 月，苏陶被西江特委任命为中队长兼指导员，带领一支 12 名骨干组成的广清边独立中队开赴秦皇山进行反"三征"和减租、减息活动，镇压了一批罪大恶极的官员和土匪头子。1947 年 3 月，中队开拓了以秦皇山山心村为中心的游击根据地。到 1948 年 3 月，独立中队发展成为广四清边大队，至 1949 年 1 月，大队发展成为连江支队第三团，有指战员 870 多人。多年来，这支部队多次粉碎了由伪县长廖琪带领的伪县警向秦皇山根据地进行的大扫荡，为粤桂湘边纵队司令部进驻秦皇山打下了坚实的基础，直至配合南下解放军解放清远。秦皇山根据地人民用智慧和汗水、鲜血和生命捍卫了根据地，为粤桂湘边地区的解放事业做出了贡献。

入秦皇山途中，在清四公路回澜加油站旁就见树立着一个"秦皇山革命根据地纪念馆"的路牌，每隔3公里左右就有一个这样的标志，它不仅是路标，还是红色旅游的向导，更是追寻革命斗争历史的指示。从清四公路太平段分支入秦皇山山心村有18公里，以前是泥泞曲折的山道，现在变成宽敞整洁的硬底化公路，两旁鸟语花香，一望无际的郁郁葱葱让人心旷神怡。一进村口，"秦皇山革命根据地纪念馆"的大型浮雕和社会主义新农村的景象尽收眼底：青山怀抱着村庄，绿水围绕着村道，整齐的房屋外墙绘有水彩画，真是旧貌换新颜。村委会左边是"秦皇山革命根据地纪念馆"，右边是粤桂湘边纵队司令部旧址，后边是秦皇山根据地纪念碑和山心红色文化主题公园。纪念馆门前大型的革命斗争史壁雕和司令部旧址门前的雕塑无声述说着革命老区的"红色故事"。

目前，清远正规划打造以山心村为中心的秦皇片区红色旅游线路，总长20多公里，途中有革命遗址33处（其中有13处是连江支队三团活动旧址）、纪念碑1座、纪念馆1所。在新的时代、新的发展时期，革命老区秦皇山人民将肩负传承"红色基因"、助推乡村振兴的新使命。

在晚霞映红西边天空的时候，我依依不舍地踏上了归途。我坚信在习近平总书记关怀老区、党中央重视老区、全国人民不忘老区的新时代，老区人民的日子会越过越红火，老区人民的明天会更加美好幸福！

禾洞忆红军

清远市连山县史志办公室　杨多彩

2021 年 2 月 25 日　星期四　阴有小雨

今天，为协助清远市开展的建党 100 周年短视频拍摄宣传活动，进入史志部门半年的我，与同事带领拍摄组先后前往连山鹰扬关、禾洞镇，追寻红七军在连山的点点滴滴。

1931 年 1 月 17 日，红七军 300 多人在营指导员黄一平率领下，作侧翼掩护主力部队战略转移，进入桂粤边的连山壮族瑶族自治县鹰扬关，这是最早进入粤境的红七军，也是最早抵达连山境内的中共武装。

红七军到达鹰扬关后，为了减轻战士负担，便于行军打仗，乘着黑夜把一些不便携带的武器埋藏在鹰扬关附近，随后继续夜行，经上草，于次日到达禾洞开展短暂休整。其间，红七军忍着饥寒交迫，不扰民，不强取，待人亲善，购物付款，给连山各族人民留下了深刻的印象。

在村委会干部带领下，我们来到红七军曾驻扎的禾洞镇茶洞村林氏厅屋遗址。这座面积约120平方米的三间结构厅屋，建于清初，至今已有300多年历史。如今，厅屋被黄氏后人堆放了不少杂物，但仍看得出厅堂和两侧偏房颇为宽阔。想当年，红七军虽然衣食奇缺，但纪律严明的他们绝不扰民，而是栖身无人居住的宗祠、厅屋甚至露天席地休息，不仅不抢财物，买卖公平，还帮助挑水扫地，这与烧杀掠夺的土匪以及以往经过境内的军阀形成鲜明对比。

观瞻期间，我无意中看到厅屋两旁门框有数道深深的刀痕，惊讶询问。林氏后人说，先祖建的这座厅屋，在当时算是气派，因此遭到不少土匪流寇滋扰，刀痕估计是他们久攻不下泄恨留下的。

而反观红七军，进入禾洞时虽值隆冬，但物资紧缺、衣不蔽体的他们不进民房惊扰村民。对红军不了解的村民不敢接纳红军，但红军待人和气，接济贫苦群众，宣传革命道理，很快化解了民众对红军的误解，为拥护共产党、解放连山奠定了坚实的思想基础。

绵绵细雨中，抚摸着门框的刀痕，红七军在禾洞留下的一幕幕佳话出现在我眼前：当时，误解红军的村民大都上山躲避，只有张龙真因脚伤留在家中，一位战士经得他同意后才借用厨房做饭，使用了南瓜和木柴还付钱，并帮助行走不便的张龙真挑水；三位红军为了给伤员补身子，捉了张龙真鱼塘里的几尾鱼，连长得知后下令将其捆绑交给户主处置，给付鱼款并道歉……

忆昔感今，共产党用鲜血和生命换取了我们幸福的今天，作为党员干部的我们不能忘记革命先烈所做的巨大牺牲、不能忘怀人民大众是党的根基和源泉，要不断改进工作作风，提高为人民服务的本领，赢得广大人民群众的信任和拥护，齐力打造繁荣富强的祖国！

大山里的金凤凰

清远市清城区东城街中心小学　　叶秀霞

2021 年 5 月 14 日　星期五　雷雨、暴雨

清晨六点一刻，急促的电话声把我吵醒了。电话说："'鸡记'走了……"我简直不敢相信，往日勤劳吃苦、谈笑风生、乐于助人的舅舅，就这样永远地离开了我们。想起"鸡记"的点点滴滴，我忍不住泪流满面。

清远市清城区东城街江埗村委有个沙罗村。这个四面环山的"世外桃源"小村子，出了一位奇人"鸡记"。"鸡记"是我的亲舅舅，本名叫李伟明，这名字没多少人知道。而"鸡记"却在当地家喻户晓，男女老少都亲切称呼他。正因为他，让村民的"山鸡"都变成了"金凤凰"……

20 世纪 90 年代初，"鸡记"开始尝试在村子周边的山头养鸡。他说干就干，用了半个月的时间，亲手搭建了一个简单的鸡棚。并动用了家里全部的积蓄买来了 500 只鸡苗，在鸡场养起了清远一号苗走地鸡。三个多月后，第一批鸡上市了。果然不出"鸡记"

所料，在山头运动长大的、原生态有机饲养的清远走地鸡很受欢迎。可惜，因经验和技术不足，500只鸡苗成活率只有六成。除去饲料和鸡苗的成本，基本没有赚到钱。"鸡记"在反思：必须把鸡的成活率提升到九成五以上才有钱赚，这就要科学的养殖技术了。于是，他买来了一批养鸡的书，自学、研究……没有同伴也没有经验，"鸡记"靠自己的双手独立撑起了一个规模不大的鸡场。第二次，他发动了妻子来帮忙，把鸡场扩大。这次他买来的鸡苗是第一次的两倍。"鸡记"夫妻以鸡场为家，鸡场不断扩大，两年下来，纯利润超过30万。他养殖的一号苗清远鸡，不仅在当地大受欢迎。而且还吸引了珠三角发达地方的批发商也纷纷前来订货。

"鸡记"通过养鸡，日子过得红红火火。他看到村民们不是耕田就是出去打点散工，日子过得很拮据。作为村里为数不多的党员，他看在眼里，急在心里。他白天忙完鸡场的活儿，晚上走家串巷动员村民一起养鸡，走致富的大道。一开始，村民们都很犹豫：不是担心技术就是担心购买鸡苗和饲料的成本问题。拿到"第一桶金"的"鸡记"在村民面前保证：不仅把自己的养殖技术无私地传授给他们，还借钱给他们购买鸡苗和饲料。就这样，只有40多户的沙罗村，不到一年的时间，跟着"鸡记"一起养鸡的就有36户。鸡农们口中尊称的"鸡记"，他既是养鸡户的带头人，又是养鸡户的指导员。在"鸡记"的带领下，鸡农们养鸡的热情越来越高，他们的鸡场也慢慢地扩大，再扩大……到2019年，沙罗村36户鸡农一年出产的鸡就超过五百万只。那一只只可爱的"小凤凰"，从山村里飞出去，给勤劳的村民带来了一幢幢漂亮的楼房，一台台小汽车、货车等。通过养鸡，沙罗村的村民过上了美满幸福的生活。

沙罗村从一个人养鸡到全村人养鸡，从开始五百只鸡到现在年产超过五百万只鸡。老党员"鸡记"功不可没，他带领着村民自力更生，脱贫致富。可是，因为长期高负荷的操劳，70岁的舅舅因病离开了我们。但是，"鸡记"这个名字永远活在正在小康路上奔跑的村民心中！

长在雷锋故乡的我

清远市华粤光明学校　孙光育

2021 年 5 月 23 日　星期日　晴

又是一年在外的生活，迎来了祖国建党一百周年的日子。

今天，我忽然记起小时候常唱的一首歌："学习雷锋好榜样，忠于革命忠于党……"雷锋，一个时代的楷模，一个全心全意为人民服务的解放军战士，一个值得所有人去学习的榜样。

时至今日，雷锋已不仅仅是一个单纯的英雄的名字，更是根植在我们灵魂深处的信仰。还记得上学期间在雷锋纪念馆中，我了解了许多以前不知道的雷锋生前的故事。

馆中有很多雷锋生前的照片、模型和他曾使用过的物品等，雷锋团的军人叔叔们讲解了每一幅照片和纪念品背后的故事，小小的照片，单薄的旧物，那些往事一帧一帧在我的脑海中浮现。

那是暖，是爱，是人间所有美好的展现。

有一张照片是雷锋正在练习扔手榴弹。讲解员告诉我们，雷锋一开始扔手榴弹的成绩并不是很好，于是他就开始刻苦练习，一次又一次地扔。每个手榴弹都有几斤重，即使很累，可是他依然在努力练习。

其他同志劝雷锋休息，可是他却说："一个战士连手榴弹都扔不好，还怎么去保卫祖国？"就这样，在雷锋的不断努力下，他的扔手榴弹水平有了很大的提高，并且在全国的军人运动会上取得了三级运动员的好成绩。

而他这样的成绩，和他平时的刻苦练习、坚持不懈的精神是分不开的。雷锋曾说过："在我们前进的道路上，不可能不遇到一些暂时的困难。这些困难的实质是'纸老虎'而已。问题是我们见'虎'而逃？还是遇'虎'而打"？

馆中还有许多雷锋生前的日记，从那些日记的背后，我懂得了什么才是全心全意为人民服务，什么才是我们应该学习的榜样。

"雷锋"，它早已不是一个战士的名字，它还是一种精神的象征。雷锋那种为人民服务，那种"挤"劲和"钻"劲、钉子一般的精神，都永远值得我们去学习、去歌颂、去弘扬、去传承。

"人的一生是有限的，可是为人民服务是无限的，我要把有限的生命投入到无限的为人民服务之中去。"弘扬雷锋精神，就要从小做起，从身边的点滴做起，真正地把雷锋精神传承下去，让"雷锋"走近我们的身边！

文洞依旧，红色依然

清城区石角镇中心小学　李惠芳

2021 年 5 月 23 日　星期日　晴

今天，我们有幸参加清城、清新两区的文学联谊活动，到文洞革命根据地走一走革命烈士抗日之路。

文洞革命根据地位于飞来峡高田，是抗日战争时期清远一个重要的革命根据地。1939 至 1941 年，中共党员练铁在文洞开办"军民合作站"。这支为国为民的正义之师，极大地鼓舞了文洞地区的群众积极投身抗日。家境殷实的青年张耀伦，为了参加游击队，自幼便生活无忧的他变卖了家产，购买了枪支弹药投身革命事业。由于他的能力极为出众，赢得了大家一致的赞颂与喜爱，为此，他被任命为游击队队长。

"粤北省委事件"后，张耀伦按党的指示，打入高田伪乡公所，以组建抗日自卫队名义，成立了一支十来人的抗日游击队。在他的带领下，这支抗日游击队善战术，反应快，令敌人防不胜防。为此，不少人纷纷加入了这支抗日队伍并迅速发展为近百人的"文

31

洞张耀伦游击队"。这支游击队为抗日立下了汗马功劳。

1945年初夏，蔡国梁、邓楚白带领的东江纵队西北支队六百多人挺进北江，进驻文洞。同来的还有东江英雄刘黑仔整建制的手枪队。与此同时，在清远骆坑成立的清远县委书记何俊才领导的广东西北区抗日同盟军大队两百多人开进文洞。从此，三支抗日武装力量会合，短短三四个月，作战二十多次，狠狠卡死了日军粤汉铁路和北江水路运输线。

如果说文洞抗日根据地是粤北地区抗日的奇迹，那么抗日英雄张耀伦就是创造粤北地区抗日奇迹的奇人。解放后，张耀伦转业在佛冈工作。他没有将于1945年8月抗战胜利前夕被国民党烧毁的青砖老宅重建，也没有利用特殊关系给两个女儿安排工作。他甘守其位，为了祖国的发展事业，默默奉献自己的力量。他的"舍小家，为大家"的无私精神令人感动。

时光荏苒，岁月如梭。尽管硝烟早已飘逝，可革命烈士的红色精神永不会消失。作为新中国的新生一代，我们要不忘历史，继承革命烈士的无私奉献精神，牢记使命，沿着共产党领导下的正确路线，在党的正确指引下，实现中华民族的伟大复兴。

红旗正飘扬　老区放光芒

连南瑶族自治县田家炳民族中学　韩焕明

2021 年 5 月 1 日　星期六　晴

中午，烈日当空，万里苍穹，宇宙变大了。老梁邀我去他老家安田革命老区欢度"五一"节。

一路上，老梁绘声绘色介绍他家乡的革命故事，让我对安田这个偏僻的乡村产生了小时候对延安的那种向往。

下了车，老梁说："跟我来，拜访一下队长飘哥。"队长是个壮实的中年汉子，边倒茶边热情介绍："欢迎参观安田革命老区。我是安田村委海螺村民小组的队长，叫我飘哥就行。猛虎中队驻地旧址——白屋就在左边二十米地方。"

游击队驻地旧址是一所四合院式的残旧老房子，里面挂满关于连江支队第五团猛虎队英勇事迹的介绍，他们英勇无畏、舍小家为大家的精神让人肃然起敬。"这是连南最有名的红色教育基地之一，常有中小学生和各单位干部职工以及群众前来参观学习。"飘哥无比自豪地说道。我感慨地说："我印象中的革命老区都是贫困落后的，没有想到这里到处都是小洋楼。只是这道路稍微窄些，车辆难以会车。"飘哥一摆手："不会了，前段时间已经来测量过了，很快就村村通两车道，沥青路面。"我笑着说："那扩路就要征收你家的菜地和门坪了。"没想到飘哥豪气道："哪用征收呀，政府需要多少就用多少，我大力支持！革命老区的群众，这点觉悟是有的！"

婉拒了飘哥吃晚饭的挽留，老梁带我去参观安置贫困村民的安田新村。新村占地50多亩，篮球场、舞台、停车场，文娱健身设施一应俱全。共一百住户，每户两层，172平方米。热情招呼我们吃晚饭的村民曾庆辉感激地说："感谢党的好政策给予老区的照顾。村民拎包入住，每户只需交6万元，如果自己建这样的洋房，不计地皮都要二三十万。"我好奇地问："安田发展这么好，除了党的政策，还有什么秘诀？"阿辉笑了笑："这个问题，我带你去拜访我们的老干部财哥。"

来到财哥家，他无比热情。请坐，端茶，递烟，倒酒，忙个不停。"我叫曾庆财，在安田做了二十一年的干部，"精瘦干练，年近六旬的财哥继续介绍："全村每家每户情况都装在我心里，我就是安田的百科全书。""安田何以有如此快速的发展？"我问道。"党和政府对老区的关心，历届村干部和群众的努力，成就了今天的安田村。"财哥边说边比画着手势，滔滔不绝，如数家珍："省检察院对口扶贫，建立12亩兰花基地，镇政府在安田建立30多亩兰花基地，安田村民共有的水电站3座，林场1个，还有农家乐餐厅1所，宝晶梨基地1个。每年单固定收入就有59.2万元。""那还有贫困户吗？"我追问道。"182户建档贫困户，已经全部脱贫。"财哥自豪地回答。我由衷赞道："财哥太厉害了！"财哥从茶几下拿出一本红彤彤的《民法典》："我还经常学习法律，你看，我是安田拥有《民法典》的第一个人，已经学到 54 页，还折着呢。懂法，才能更好为群众办事呀。"财哥的学习精神，使我顿生敬意。

晚上十点多，我和老梁告别了热情豪气的财哥，乘车离开安田。我依依回望安田新村，只见明亮的路灯放射出耀眼的光芒，五星红旗在正中央猎猎飘扬。

碧血丹心铸青史，南岭巍巍数英雄

—— 参观阳山县小江下坪村红色革命基地

阳山县太平中心小学　陈海群

2021 年 4 月 18 日　星期日　雨

4 月的天，细雨霏霏。即使天公不作美，仍阻挡不了我们开启"追寻红色革命记忆，缅怀革命先烈"的旅程。

趁着大女儿放假回家，今天一早，我们一家四口满怀对革命先烈无限崇敬的心情，顶着小雨驱车前往阳山小江下坪村，参观坐落在村中的红色革命基地。一路上，身为党员的孩子爸爸自豪地向我们讲述着无数共产党员为人民翻身解放而奋斗的英勇无畏的英雄事迹……

到达目的地，踏入小江下坪村委会的大门，一座雄伟的纪念碑立刻吸引了我的目光。平坦的大理石台阶两边，各种有五棵四季常青的柏树，在雨水的洗礼中变得更加苍翠，这不正是革命精神永垂不朽的象征吗？

缓步登上台阶，阳山人民武装起义纪念碑近在咫尺，我的心为之一颤。整座纪念碑都是用大理石砌成的，气势雄伟；碑顶那被雨水冲刷过的五角星，显得更加耀眼夺目。纪念碑静静地矗立着，在薄纱的笼罩下，更加雄壮、神圣。我们默默地瞻仰阳山人民武装起义纪念碑，回忆当年红色战争岁月……

来到阳山人民武装起义纪念馆，听村委会工作人员讲述，阳山县人民抗征抗暴义勇队在庄严的宣誓中，打响了阳山人民武装反抗国民党反动统治的枪声，顿时，一场场战斗场景似历历在目：鱼冲突围战的惨烈、界滩争夺战的毙敌突围、罗汉塘战斗的英勇伏击、神岗保卫战的奋起抗击、高陂保卫战的艰苦卓绝……这一切的一切，都让我深切地感受到中国革命斗争的艰苦，中国革命政权的来之不易；感受到革命的艰巨，更体会到无数革命先烈铸就了中国共产党的光荣和伟大。

回程中，我们都沉默着，就连不足四岁的小女儿都异常安静，也许是心灵深处被革命先烈不屈不挠的斗志深深地震撼着。我的心中也深深地烙下了一个个英雄的名字：冯光、梁天培、邵甫、朱永仪、潘贻燊、陈继贵……这次行程，尽管只有短短半天时间，却使我们深受一次丰富而生动的革命传统教育，使我们真切感受到人民当家做主的政权来之不易！

碧血丹心铸青史，南岭巍巍数英雄！阳山人民武装起义的革命先烈们，将永远活在我的心中！我一定会牢记历史，不忘初心，继续前行，继承先辈革命精神，发扬革命传统，以更坚定的理想信念，更昂扬的精神状态投入到教育教学工作中去，努力书写教学新篇章！

我的红色日记

阳山县江英中心小学　麦素琴

2021 年 4 月 20 日　星期二　阴

　　"白下有山皆绕郭，清明无客不思家。"今天，我又回到了生我养我的家乡——阳山县小江镇罗汉塘。站在母校门口，我不由得想，为什么我的母校叫冯光小学呢？

　　冯光，1920 年出生于清远市佛冈县，1939 年加入中国共产党。1947 年 9 月，中共粤桂湘边工委成立，并组建连江、绥贺两个支队，冯光任连江支队司令员，活动于连江两岸及湘南地区，曾发动多个地区人民武装起义，并组建了阳山人民抗征自救队等。1949 年 1 月 22 日，游击队驻地罗汉塘遭到敌人袭击，冯光亲自指挥反击。战士们在司令员的带领下越战越勇，从天亮一直战斗到下午 4 时，打退敌方等多次进攻，在敌疲我打的情况下冯光抓住时机，端起机枪向敌群猛烈扫射，毙敌营长以下 10 多人。然而，当反击战即将取得胜利时，冯光不幸中弹，壮烈牺牲，时年 29 岁。他牺牲的地方正是我小时候经常路过的罗汉塘沙坪。

小时候常听爷爷说起他曾跟过冯光司令一起去打游击，他说的时候神情是那么的自豪，但说着说着，他却黯然伤怀了："可惜啊，那么年轻，那么善战，却牺牲了。"然后他就偷偷地抹了抹眼角。只怪当时太小，我们都把它当作故事，还认为爷爷一个大男人却在那里哭，却不知他那失去战友的痛有多深。

而如今，又是一年清明节。我缅怀为祖国，为人民而牺牲的英烈，也怀念曾是游击队员的爷爷。没有你们的付出与牺牲，就没有我们今天如此幸福的生活。为了纪念在罗汉塘牺牲的游击队司令员冯光，政府把罗汉塘小学改名为冯光小学。罗汉塘人民将永远记住他英勇善战的风貌，无私奉献的精神。

今天的罗汉塘，在中国共产党的领导下发生了翻天覆地的变化。村道硬底化，出行非常方便，以前走几个小时山路才到的小江镇，现在半个小时就到了，曾经无人问津的罗汉塘，其实是一个景色秀丽，物产资源丰富的地方。在我们村的池塘边，就有一棵生长了千年以上的活化石——银杏树。每年的10月份开始，游客就纷纷来欣赏它的芳姿。等到一树的金黄时，更是美得让人惊叹，附近还有好几棵，也同样会争芳斗艳。而且周围的山顶都安装了大风车。银杏，绿山，风车，白墙，黑瓦倒映在池塘里，更是一幅迷人的山水画。这时候要是你来了这里，你会希望时光就此停留，身心都会得到彻底的放松。

感谢为祖国、为家乡做出牺牲和贡献的英雄，感谢共产党的领导，让我们的祖国、我们的家乡越来越美丽，越来越富强。

不忘英烈志 共铸中华魂

阳山县第三幼儿园 唐晓勋

2021 年 1 月 14 日 星期二 晴

2021 年 1 月 14 日，我们幼儿园党支部与姐妹园第一幼儿园党支部组织党员干部前往黄坌镇高陂村红色教育基地参观学习，进一步回顾斗争历史，传承革命精神。

经过一段蜿蜒颠簸的山路，我们终于来到了黄坌镇高陂村红色革命老区。首先映入眼帘的"坚守高陂 108 天战斗纪念碑"巍巍矗立在苍松翠柏、典雅庄重的高陂村院落里，让人肃然起敬！

高陂村党支部书记热情地带领我们参观并向我们解说"坚守高陂 108 天战斗纪念碑"的故事。黄坌镇高陂村，是共产党游击队革命活动的红色老区、阳山县游击队进出大东区的门户。1948 年 8 月，粤湘桂边区纵队连江支队飞雷队挺进阳山，与阳山县武装起义队伍在高陂会师。国民党阳山县县长李谨彪多次纠集反动军队对高陂进行疯狂扫荡，妄想扑灭革命之火。高陂民兵村自为战，人自为战，抗击敌军的围剿。当时高陂村有民兵 76 人，仅配备有步枪、手枪等火力不强的枪支 40 支，弹药有限，战备物资和人力都非常短缺，在如此艰难的情况下，高陂民兵斗志昂扬，坚守了 108 天！如今，高陂村的旧炮楼，当年战斗遗留下来的弹痕依然清晰可见，这一切都是历史的印证，谱写了高陂民兵奋勇抗敌的动人篇章。

我怀着崇敬的心情，瞻仰"坚守高陂 108 天战斗纪念碑"和革命纪念馆，一幅幅图片、一段段文字、一件件实物诉说着那段艰辛又光辉的历程，把我带回了历史的长河中，了解革命先烈的光辉事迹，见证革命先烈不屈不挠的风骨，深刻感受共产党人的大无畏精神。

在邓丽芳园长的带领下，我们站在"坚守高陂 108 天战斗纪念碑"前面对党旗重温了入党誓词："我志愿加入中国共产党，拥护党的纲领，遵守党的章程，履行党员义务，执行党的决定，严守党的纪律……"党员们坚定而有力的入党誓词，久久回荡在历史悠久的红色高陂村的上空。接着，在梁诗华同志的指挥下，我们还高歌一曲《没有共产党就没有新中国》，激情高昂的旋律唱出了我们的心声，唱出了共产主义理想信念的代代传承；最后我们的党支部书记梁琼芳同志在作战指挥室给我们上了一堂党课，重温党的宗旨，激励我们弘扬红船精神，走在新时代前列，共同为中国人民谋幸福，为中华民族伟大复兴贡献自己的一份力量！

不忘英烈志，共铸中华魂。这次黄坌高陂村革命老区的参观学习，对我来说是一次精神的洗礼，更是一种思想的传承。作为新时代的一名共产党员，在今后的工作中，我将会更坚定自己的理想信念，增强党性观念，牢记初心使命，发扬红色传统，传承红色基因，立足本职岗位，努力工作，为谱写"新时代阳山教育更加出彩"贡献自己的一份力量！

永远的红船，永远的红色魂

清远市清新区滨江中学　高静文

2021 年 4 月 12 日　星期一　晴

"我和我的祖国，一刻也不能分割……"嘹亮的歌声，把我从遥远的思绪中拉回来。从办公室出来，循声而去，噢，原来是有一个班在排练五四文艺汇演节目。今年叫是我们伟大的中国共产党建党 100 周年的喜庆年，全国各地都纷纷举行"壮丽一百年，砥砺新时代"的主题活动，我们学校也不例外，为传承红色精神，为党献上一份礼，师生们都在精心准备着。听着他们的歌唱，我心潮澎湃，心情久久不能平静。

下班后，载上妻子和刚满三岁的女儿回家。一上车，女儿习惯性地嚷要播放《中华人民共和国国歌》。之前她随我在学校参加过一次升旗仪式，之后看见红旗，听到国歌，都非常兴奋，我就下载了国歌，让她坐车的时候听。和着激昂雄壮的音乐，女儿也唱了起来，尽管咬字不是很准，但也已经能踏准节拍。国歌单曲循环 N 遍，女儿稚嫩的歌声也洒了一路。我对妻子说，学校五四文艺表演的那天，我们得带上女儿，让女儿好好感受感受。

2021 年 4 月 17 日　星期六　晴

　　早上起床，妻子提议带小孩去太平镇秦皇山革命老区，一起感受红色精神。我早就听说那里保留了革命年代留下的很多历史遗迹，去的人络绎不绝。心向往之，却一直未至，这不能不算一种遗憾。好吧，就来一场说走就走的"红色之旅"。

　　秦皇镇坐落在大山深处，山高林密，去往之途全是山路，狭窄蜿蜒，但幸好一路都是水泥路，驱车进去也算不难。

　　根据地所在的村落——山心村，风景秀丽，平静淡然，原始古朴，尽管街道破旧，大部分房屋还是砖墙瓦房，但间杂其中的一些新建楼房，坐落村旁的革命纪念馆，矗立在村后山头的革命纪念碑，又给山村增添了一股新时代气息。村民们淳朴热情，谈起革命事迹，滔滔不绝，如数家珍，言谈之间，无不流露出作为革命老区百姓的自豪感以及对党和国家无比的信任感。

　　走进馆内，浏览起当年革命战争中的武器装备，煤油灯、行军水壶、手枪、手榴弹……女儿对这一切充满了好奇，显得很兴奋。年幼的她暂时还不知道，我们今天和平幸福的生活，就是革命前辈凭如此落后的武器装备，用无数的热血换来的。

　　纪念碑前摆放着一束束的鲜花。看着肃立的纪念碑，我内心无比激动。纪念碑，你凝视的这一切——这祥和的村庄，这幸福的生活，这强大的祖国，不正是革命先辈们不惜抛头颅洒热血所期盼的吗？革命先辈们，这盛世，已如你们所愿！

　　回程，稚嫩的歌声又洒了一路！

革命老区探亲行

北京　谢俊

2021 年 3 月 17 日　星期三　晴

今天是到广东英德与阔别 50 多年的外甥们见面团聚的第三天。

我的父亲谢裕德、母亲李志筠都是 1946 年北撤的东纵老战士，抗日战争期间跟随邬强、李东明带领的北江支队在粤北建立根据地，抗击侵略者。我父亲时任北江支队英佛边大队政委，北撤时父母将襁褓中的大姐留在英德鱼湾。

1973 年在邬强老前辈的帮助下，父母亲将大姐接回北京。当时大姐在鱼湾育有三个儿女。离开时大姐把三个孩子留在当地。随着年龄的增长，大姐思念孩子们的念头越来越强烈，促成了我们这次前往英德鱼湾革命老区探亲的行程。

前两天，在英德市老区建设促进会会长张方贤、副会长刘贤裕、英德市机关事务管理局副局长林昌源等同志陪同下，我们到鱼湾，他们见证了我们与外甥们相聚的情景。我们相互道出了 50

多年的思念，互诉衷肠，百感交集。

交谈中，得知当年大姐的抚养人将大姐卖给了第二个抚养人做童养媳，并结婚生子。如今几位外甥都成了家，生活得很好，虽然他们成长中缺少了母爱，但没有怨气。他们感恩养育他们长大的奶奶，感恩帮助过他们的每一个人。他们努力向上，用积极的态度面对人生，用自己的汗水和智慧，与当地人民一道为建设家乡不懈奋斗。他们也以东纵后代而自豪，踏着先辈的足迹为中华民族的伟大复兴添砖加瓦。

在外甥们带领下，昨天我们参观了鱼湾圩和望埠镇几栋破旧砖瓦房。那是当年游击队工作生活过的地方，如今成为革命传统教育基地。今天我们游览了湖山温泉度假村，深深感受到老区人民享受生活乐趣的温馨。我们所经过的城镇乡村早已看不出以往的贫穷，到处是水泥楼房，与城市没有多大区别。

连绵的粤北山脉，滔滔的北江之水，经过改革开放、脱贫攻坚、乡村振兴的春风化雨，构成了一幅日新月异的美丽画卷。

前不久收到一封来自英德大湾村何文同老同志的信，讲述了当年我母亲的故事。母亲当年做地下工作隐蔽在他家中，到母亲怀孕时还住在他家。其间遇到搜捕。何文同祖父何猷裕老先生以母亲是他儿媳为由掩护了母亲。当时10多岁的何文同见证了母亲化险为夷过程。他退休后写了《游击队员在我家》一文，记录了这段往事。这件事得到同时被何老先生掩护脱险的梅英老前辈和母亲的认可。

广东的父老乡亲以无私无畏的精神支持革命。英雄的东纵先辈们没有让家乡人民失望，他们英勇杀敌，努力奋斗，在创立和建设新中国征程中立下了不可磨灭的功勋。

感谢英德三位领导同志的帮助，更感谢每一位东纵后代！

读《巾帼英雄吕楚卿》有感

清远市清城区东城街长埔小学　江颖怡

2021 年 5 月 12 日　星期三　晴

我是一名小学教师，最近指导学生参加清远市的"童心向党"红色故事汇大赛，在 4 月份的时候我们就确定了讲革命女子——吕楚卿，我和我的学生在网上搜集了很多关于她的故事，一开始我们就被她的精神所感动，一个女子可以为共产党做到甘于奉献、勇于牺牲，实在令人敬仰！可以说今天的故事是一次心灵教育之旅，也是一次跨时代的对话，更是一次红色精神的传承。

今天早上，阳光明媚。我和学生首次进行完整的训练，学生在讲述故事的时候，我竟然流下眼泪，内心非常感动，于是决定把今天的感受写下来。

吕楚卿，一位出生于海丰县贫困农村，两岁便送给舅妗做童养媳的女子，凭借自己的努力、认真、好学和热心，从一名普通工人到被聘为工厂的技术指导员，后来当选工会执委，到最后被选为特委妇委。就这经历也足以看出吕楚卿是一位有志向、有理想有工作魄力的女革命者，她不甘于现状，要干一番轰轰烈烈的事业。

特委和县委在银瓶山石洞开会，后来被敌人发现并包围，楚卿为了掩护其他同志脱险，一个人抗击到最后，被敌人抓获押至海城监狱，经烙火、针扎、锤腿至断等多次刑讯，仍坚贞不屈，没有透露共产党人的名单和联络点。一位女子受如此酷刑仍然为党严守秘密，佩服之情油然而生，她甘于为党奉献、视死如归的精神是永远值得我们后人所敬仰、学习的。

1929年农历二月初五，两个敌人抬着双腿被打断的吕楚卿上刑场，她在箩筐里高呼"中国共产党万岁"，两边的乡亲们含着泪也跟着高呼"共产党万岁"，最后她慷慨就义，时年31岁。读到这里，我的眼泪哗啦啦流下来，前人为我们抛头颅、洒热血，让我更加懂得今天的幸福生活来之不易。回想中国这一路、这一切是多么的不容易，革命胜利的不容易、改革开放的不容易、到今天抗疫的不容易，有多少革命烈士为我们牺牲，有多少前辈为我们遮风挡雨，有多少医护人员、党员干部走在抗疫的最前线，为我们舒适美好的生活保驾护航！

今早听完学生的演讲，感动和感恩之情油然而生，一腔热血在心中燃烧。今天的我重温了那段峥嵘岁月，了解了更多的感人事迹，让我知道有如此安逸美好的生活，就是因为有无数这样为人民谋福利，为祖国繁荣富强，而默默奉献，鞠躬尽瘁的共产党员。而我现在作为一名积极分子，我也会以中国共产党党员的标准，严格要求自己，向革命前辈们看齐，以他们为榜样，把自己的工作做得更好、更出色！

高陂战斗谱写山村革命史诗

广东阳山县电业发展有限公司　方卫新

2021 年 5 月 15 日　星期六　晴

"坚守一百零八天，真了不起！"……5 月 15 日，我随阳山文艺红色采风团到阳山县黄坌镇高陂村这个革命老区采风。一路上，大家对高陂村的战斗故事充满好奇，都希望插上翅膀早点飞到这个令人神往的革命圣地。

时值初夏，天清气朗，仿如我们的心情般灿烂。到达高陂，满眼苍翠葱茏，巍峨高耸的大东山横亘于前，一条清澈透明的小河——加东河，欢快流淌，分明是唱着一首动听的歌，吟诵着一首优美的诗，哪里还存有一丁点烽火的痕迹和味道。

过小桥，走进村子，抬头就看见"坚守高陂一百零八天战斗纪念碑"，金色的大字在阳光下闪烁着历史的光芒。碑座底下铭刻着战斗的历史过程。采风团排成纵队，恭敬地向纪念碑三鞠躬，以表示对革命先辈深切的悼念和崇敬。纪念碑旁边是一栋两层楼的革命历史纪念馆。馆内陈列着黄坌这个著名老区的光辉历史和革命英雄人物，以及黄坌在解放后所取得的翻天覆地的伟大建设成就。

我详细阅读了高陂的战斗故事：1949 年秋，中国人民解放军以摧枯拉朽之势解放全中国，阳山连江支队主力北上湖南接应南下解放大军。盘踞在阳山的地方反动武装一千多人，想趁我军后方空虚，跨越根据地的大门、也是连江支队司令部所在地——高陂，然后直扑大东山根据地。当时村里只留守 60 余位民兵，敌我兵力十分悬殊。经研究并请示上级同意，民兵中队决定利用有利地形阻击敌人。战斗十分激烈，敌人多次冲锋，都被我军击退。夜色中，敌人高举绑在竹竿上点燃浸了煤油的棉絮，妄想烧死民兵和群众，不想民兵队员瞄准火把扫射，火把熊熊燃烧亮如白昼，敌人成了一个个活的靶子，被打得鬼哭狼嚎，丢盔弃甲。敌人又心生毒计，重重围困，断水断粮，想困死我军民。可一个九岁的孩童却钻出狗洞，机灵地躲过敌人，把一个个情报送到附近的据点和武工队，形成统一的"抗敌联盟"。深夜，突击队组织群众抢水，抢收稻谷，克服了缺水断粮的困难。军民同仇敌忾，智勇杀敌，但最后还是抵挡不住数十倍于己的顽敌，坚守一百零八天后，阻击任务完成，民兵队员主动撤出阵地，胜利转移。

高陂民兵坚守一百零八天，换来阻击战的胜利，保护了人民群众的生命安全，以小小的牺牲换来毙敌 60 多人、为大部队进入阳山、解放阳山赢得了宝贵的时间。这是一次规模不大，可持续时间较长，而且发生在小山村中的战斗奇迹，谱写了一首解放战争的伟大史诗。

穿过历史的硝烟，现在的高陂村依山傍水，宁静安逸，旧貌换新颜，成了一个美丽的乡村，家家户户喜住新洋楼，过上了幸福美满的小康生活。英雄的鲜血换来了幸福的今天，革命先辈永垂不朽！

革命战士谢东明

连南县文化馆　盘芸

2021 年 5 月 2 日　星期日　晴

今天，我忽然想起三年前的一天——2018 年 4 月 11 日，连江支队纪念馆·连南党史党建陈列馆迎来了一位特殊的客人，他就是连江支队老游击队战士谢东明。

连江支队全称为中国人民解放军粤桂湘边纵队连江支队，是在中国共产党的坚强领导下，于解放战争时期组建的一支人民武装，参加大小战斗 200 多次，为解放广东做出了重要的贡献。

谢东明，1932 年出生于连南县寨岗镇乡山村，1947 年参加革命青年同盟秘密组织；1947 年 10 月入伍，参加连江支队游击猛虎独立中队。先后在连阳地区和湘南地区参加了 20 余场战斗；先后从战士升任为班长、手枪队副队长、排长等职务。

那天一早，我作为讲解员，穿好工作服，在门口等候着谢老的到来，心情既紧张又激动。见到谢老时，他从容坐在轮椅上，他儿子推着他，他的夫人和外孙女在旁边陪着他。他面容慈祥，虽满头白发，却格外精神。1958 年，谢老在参加平息反革命叛乱时，感染了脊髓炎病毒致使两腿瘫痪。我一边带领他参观，一边听他讲年轻时奋战沙场的故事。虽然几十年过去了，但 86 岁高龄的谢老对战争时期的人和事，记得清清楚楚。

"男儿自有报国时。"他告诉我，入伍时他才 15 岁，是瞒着家人参加革命的。那时候的战斗生活非常艰苦，经常挨饿，只要哨声一响，不管是凌晨几点，不管是阴雨连绵，寒风凛冽，都要马上起来赶路或参加战斗。他回忆到，1948 年 11 月至 12 月在寨岗发生的鱼冲战斗，是他们经历的最为惨烈的一次战斗。当时他们在寨岗的一个崖坑被上千敌人包围，他在后面跟着部队想往前突围，突然旁边 3 班班长高湛拉住他的脚，当时高班长已有半边身体中弹瘫痪，他一边拉住谢老一边用手拉出自己的腰带递给他，很痛苦地对他说："小谢，我不行了，你一定要勒死我……"说到这里，谢老突然哽咽了，因为下不了手，他跟高班长说："高班长，等我们突围出去，就回来救你。"那场战斗牺牲了很多战友。

谢老说，那个时候，大家心中都有一个共同的信念——解放全国，勇敢向前冲，不畏惧、不退缩。解放后，谢老还担任过北江军分区作战科见习参谋、阳山武装部参谋、兵役局秘书等职务。2020 年，他还带着伤残的肢体，撰写了一本回忆录《我走过的路》。

他年少时睿智选择，革命中英勇无畏，残疾后奋发精神，是我们年轻人的榜样。我决心要传承老一辈的革命理想信念，汲取革命精神力量，在自己的岗位中拼搏进取，为实现中华民族伟大复兴贡献自己的青春、智慧和力量！

苟坝感想

连南瑶族自治县田家炳民族中学　罗证治

2019 年 7 月 12 日　星期五　炎热高温

今天上午的活动是参观苟坝会议会址。

我们有序走进一间间老房旧屋，聆听讲解员的解说。当年，老一辈无产阶级革命家在这里运筹帷幄，部署红军如何摆脱国民党军队的围追堵截，将红军引向正确前进的道路。这里陈列着一件件历史资料、图片、实景等。在讲解员的描述中，我仿佛看到那个峥嵘岁月的情境。

在长征中，有些战士没东西可吃，不得不吃草根、树皮，甚至吃皮鞋。人累得站着竟然也能睡觉。每天都有红军战士失去生命。我们的战士，太能吃苦了！讲解员继续介绍，红军队伍中，师以上干部绝大多数只有二三十岁。团以上的指挥员平均年龄 25 岁；排以上的指挥员平均年龄 21 岁，战士平均年龄 18 岁，女战士平均年龄 23 岁。最小的向轩 10 岁，女红军王新兰 11 岁。这简直就是"娃娃兵"！中国工农红军竟然是由这些年纪轻轻的后生崽组成的!

这些讲述震撼了我。是什么力量促使这些小后生离开父母、离开家乡，投身于残酷的战争之中？投身于抛头颅、洒热血的革命洪流之中？我在沉默，在沉思……

在那个年代，社会黑暗，内忧外患，民不聊生。于是这拨年轻人怀揣着"民族兴亡、匹夫有责"的远大理想信念，并内化为一种自觉的行动，外化为无私的奉献，产生了无穷无尽的力量。在极其艰难的环境下，他们以"革命理想高于天，野菜充饥志越坚"的信念战胜一切艰难困苦。战国时期的孟子说过："生亦我所欲也，义亦我所欲也。二者不可兼得，舍生而取义者也。"匈牙利诗人裴多菲在诗中写道："生命诚可贵，爱情价更高；若为自由故，两者皆可抛。"这些红军战士就是真正践行这种高尚精神的人。

在防汛抗洪纪念碑下

湖北省武汉市江岸区花桥二村 69 号　倪贤秀

2020 年 7 月 1 日　星期三　晴

　　城市中的经典建筑，无不与城市的历史文化、地域特色、重大事件等紧密相连。长江、汉水穿城而过，水的恩惠让江城更加美丽。然而，洪水的季节性泛滥，也曾带来深重的灾难和威胁。武汉是一座具有防汛抗洪优良传统的城市，发生过无数可歌可泣的事迹。记载着历史和胜利的防汛纪念碑，堪称江城的标志性建筑之一。

　　今天是党的生日，2021 年，我们更将迎来中国共产党建党 100 周年！我来到汉口沿江大道滨江公园处参观武汉防汛抗洪纪念碑。只见那厚实而坚固的防水墙上，耸立着一座巍峨宏伟的纪念碑，这是 1969 年武汉人民为庆祝战胜 1954 年洪水特地建造的。纪念碑底部是占地 1160 平方米、高 4.9 米的台基，临街这一面辟为"防汛陈列馆"。纪念碑面向长江，正面及东西两侧各有宽大的台阶直通台基，四周围着石雕护栏。台基正中央就是纪念碑的碑身了，高达 37 米，全由坚硬的花岗石砌成。碑顶竖立着直径 1.8 米的五角星，殷红如血，下饰有红绸与葵花簇拥着的天安门图案。碑身正面和朝向沿江大道的一面都镶嵌着乳白色的大理石，光滑平整的大理石面上用铝板镀金制成了毛泽东同志的亲笔题词，题词的上方，红瓷砖面上还嵌有毛泽东同志头像，正面镌刻的是毛泽东著名的《水调歌头·游泳》，而另一面则是："庆贺武汉人民战胜了 1954 年的洪水，还要准备战胜今后可能发生的同样严重的洪水。"那汪洋恣肆的笔法、遒劲有力的字迹，既展示了伟人"不管风吹浪打，胜似闲庭信步"的气度，又鼓舞着武汉人民战胜洪灾的信心与斗志。

碑身东西两侧是抗洪抢险的大型浮雕，栩栩如生地刻画了英雄的武汉人民与洪水搏斗的情景。东侧，一群军民闻听洪水来袭，在一面标有"一不怕苦、二不怕死"字样的旗帜率领下，纷纷奔向江边堤岸，他们或推着小车，或身背肩扛，将石块、木桩、草包、沙袋等抗洪物资运送来，并舍身投入抗洪抢险之中；西面，形势更显严峻，残暴肆虐的洪水扑向土堤，欲撕开一道口子，军民跳下齐腰深的水中，以血肉之躯堵住管涌，与洪水做殊死搏斗，他们喊出了"下定决心，不怕牺牲，排除万难，去争取胜利"的口号……

在浮雕前流连，看着那一幕幕英勇无畏的"抗洪图"，不禁深受震撼，泪眼模糊，仿佛来到当年防汛抗洪的峥嵘岁月——1954 年，武汉发生了百年罕见的特大洪水，洪水水位竟达 29.73 米，远远超过 1931 年那次洪灾。但旧中国洪水一来，三镇即沦为泽国、人民流离失所的景象不复出现，在中国共产党的领导下，武汉人民用无与伦比的勇敢与智慧最终战胜"洪魔"，保卫了家园，在城市防汛抗洪史上写下了辉煌的一页。此后，武汉人民遵循党和领袖的教导，继续发扬防汛抗洪精神，多次战胜严重的洪水，包括 1998 年百年一遇的特大洪水。

又是盛夏时节，伫立在纪念碑下，南望滔滔长江，江水温驯地沿着水道不舍昼夜地东逝；宁静而美丽的江滩公园，繁花似锦，绿草如茵。北边，宽敞的沿江大道上车水马龙，路边"整旧如旧"的老租界建筑鳞次栉比，叫人不由得感叹今天的江城是如此美丽、如此繁荣。

今时已不同往日，纪念碑下这一道绵延数千米的防水墙工程，让人底气十足，有信心去应对险恶的洪水。真正必胜的信念、奋斗的精神，则如同这一座纪念碑，像建党百年华诞一样，永远屹立在人们的心中，它激励着我们在伟大英明的中国共产党的领导下，豪情满怀地去建设城市、保卫家园、开拓创新、大力发展！

海南行第二天

清远市公安局政治处服务科　李兵

2021 年 3 月 11 日　星期四　晴

海南旅游第二天，我们从海口驱车西行。出发前，我的大学同学倪小方买好了鲜花，说要顺路到澄迈县福山镇官族村他岳父的墓园献花拜祭。他和夫人郭静琴有五六年没去了。

小方同学和他夫人都不是海南人。他岳父的墓园怎么会在那里呢？

到了那里一看，墓园可大了。庄严整洁，环境开阔，周围树木葱茏。墓园的上层矗立着一座"郭锦绵同志永垂不朽"的墓碑，下层是郭锦绵事迹简介和群众敬献的纪念碑石。我们这才知道，小方同学的岳父叫郭锦绵。1966 年，郭锦绵作为汕头市澄海县信宁村党支部书记，响应党"支援海南，建设宝岛"的号召，带领一支由 50 多名信宁村民组成的远征队，翻山越海来到这里，安家落户艰苦创业。10 多年来，开山造田千余亩，成就卓著，轰动全国。《南方日报》曾以《天下事难不倒共产党员》《一颗红心两只手，远征宝岛创新业》等文章宣传郭锦绵的事迹。广东人民出版社、海南歌舞团等单位推出《好书记郭锦绵》《开山歌》《不怕远征难》等文艺作品。1971年，一部《志在宝岛创新业》的纪录片更是全国放映，家喻户晓，其中的同名主题歌在神州大地广为传唱。

这部纪录片我们都看过，主题歌至今还记得。原来这唱的是小方同学的岳父啊！我们一起唱起来："南渡江啊水流长，海南一派好风光，豪情满怀建宝岛，喜看荒山变粮仓……"

1975年，郭锦绵同志因公牺牲。澄迈县委和县革委会举行了隆重的追悼会。福山公社革委会为他建起这座墓园。墓园碑文最后写道：福山地区人民永远怀念他！

值得一提的是，在当年的远征事业中，郭锦绵与曾在海南工作的小方同学的父亲结下深厚友谊，郭锦绵牺牲后的1982年，两位好友的儿女倪小方、郭静琴喜结连理。他俩大有父辈之风。郭静琴19岁入党。小方同学被评为省直机关优秀共产党员、全国烟草行业优秀教师。更为人称道的是，多年来，小方同学坚持捐款助学，帮助多名贫困生完成学业；退休后发挥余热，先后到揭西、深圳等地的边远学校无偿支教助教，深受师生们特别是乡镇留守儿童欢迎。如今，他们的女儿倪颖也是一名优秀共产党员。

在他们一家三代身上，一条红色血脉在传承。这正是我们事业的希望所在。我当即向小方同学要一本郭锦绵同志的事迹材料。在即将迎来中国共产党成立一百周年的今天，为实现中华民族的光荣梦想，让我们英雄的故事代代相传。

红色日记

英德市大湾镇中心小学中步教学点　伍维营

2021年5月2日　星期天　晴

又是一个星期天。我吃过早饭，迎着朝阳，来到自家耕种的二亩三分稻田引水灌溉。看着那淙淙而来的渠水，望着那活水源头的水库，我禁不住又想起了早年父辈们给我讲述的那件事。

那是20世纪50年代末，为了解决中步村委（当时叫大队）下片区八条自然村农田缺水灌溉的严重问题，上级党委和政府经反复调查、研究后决定：在大岭下自然村前的山垭间修筑一座大型蓄水水库。几经努力，经费已经到账，建材已经到位，来自苏联的水利专家也已请到，真可谓万事俱备了。

然而，天有不测风云。正当水库工程即将上马时，中苏关系开始破裂，最终苏联竟然撤走了所有援华的专家。这突如其来的变故，使得水库工程几乎陷入瘫痪，一筹莫展！

但是，困难没有吓倒中国共产党人。在"亚历山大"的困难面前，老区的中步人民，在党的领导和带动下，发扬"自力更生、艰苦奋斗"的革命精神，群策群力，创造条件，踊跃投入到水库的修筑中来。中步群众起早贪黑，披星戴月地在工地上苦干、硬干，用不到半年的时间，一座库容约 30 万立方米的水库就屹立在中步的大地上。

冬去春来，眨眼之间，半个多世纪已经过去了。如今的水库几经重修，更是堤坝高筑，气势恢宏。它年年蓄水盈满，波光粼粼，在阳光的映照下，像一块蓝宝石镶嵌在祖国的大地上。水库下是一条条硬底化的"三面光"引水渠。水渠时刻流淌着来自水库里清澈的水，块块稻田在渠水的滋润下，庄稼茁壮成长，好一派喜人丰收的景象，正在稻田劳作的群众，被眼前这迷人的喜景陶醉，他们在欢笑，在心里歌唱："社会主义好，中国共产党好！"

走进"八路军办事处"

武汉市桥口区汉西一村 33 号　张雨倩

2021 年 5 月 2 日　星期天　晴

2021 年,伟大的中国共产党成立 100 周年!

在这个特殊的年份,临近初夏的一个下午,阳光洒下金色的光辉。拜访了母校后,我沿着滔滔的长江边那些熟悉而亲切的街道徜徉着。从大连路自西向东行进,再趋往长春街上的沈阳路小学门前乘车回家,这是我少年时无数次经过的路线。但今天,在长春街一栋四层的灰色砖墙砌成的小楼前,我却长久地驻足凝视,迟迟地不肯离去。

汉口的毗邻的这些街道,异乎寻常地密集地以长春、沈阳、大连这些东北地名为街道名,当然是因为与那段我们这个民族无法忘记、无法回避的抗战历史息息相关。这栋小楼是武汉市长春街 57 号,八路军武汉办事处旧址纪念馆,此处的环境与氛围与其他毗邻的街道迥然不同,至今不曾沾染过丝毫的市井气息,显得格外庄严肃穆;这里没有栽种汉口街头司空见惯的梧桐,却在楼前人行道与楼边的小栅栏里,精心地种植着数棵苍翠的松柏,笔直伫立，如同一列卫兵。

这里的人行道异常洁净，并无摊贩、晾晒和泊车的现象，体现了这里的市民对纪念馆的敬仰与尊重。纪念馆的正门面向大连路，门右侧青灰色的墙壁上悬挂着一方蓝色底的木质招牌，门上还高悬着一个硕大的老式白炽灯泡，被一圈黑色的铁罩围着——整个造型显然刻意地保留了"八办"当初的风貌。小楼右侧的墙面被"爬山虎"所覆盖，绿意盎然，触目清凉，一扇扇长窗若隐若现，幽深静谧中，充满了神圣而又略显神秘的色彩。

熟悉历史的人，也许我们每一个中国人都知道，1937年7月7日，抗日战争全面爆发，旋即国共实现第二次合作。当时北方红军主力改编为八路军，南方红色游击队改编为新四军。八路军（新四军）武汉办事处，就是我党为领导和推动伟大的抗日战争，在国民党辖区建立的公开办事机构。"八办"最早是在1937年10月由董必武筹建的，先设在汉口安仁里一号，同年12月迁到现址。事实上，新四军军部迁到南昌后，其一切驻汉工作基本上由"八办"代劳了。

怀着崇敬与怀念的复杂情感，我当即决定旧地重游。其实当年早在附近的中学读书时，老师就带领我们参观瞻仰过这栋具有纪念意义的建筑。今年，更是具有不同凡响的纪念意义，这促使着我再一次走进这幢心目中神圣庄严的建筑。我在一楼接待室排队买了门票，价格相当低廉，仅需人民币五元钱，对革命军人等还免费开放。虽然只是一个普通的日子，居然参观者众多，也许大家都对一百年这一悠久的年份印象深刻吧！

我穿行在纪念馆内部，仿佛穿行于历史的时空，随处都有似曾相识的感觉。

一楼照旧陈列着武汉抗日战争纪实展览，通过一系列图片、实物等，回溯江城三镇烽烟岁月，重现武汉抗战的血火历史，使人由衷地迸发出"高举爱国主义伟大旗帜，创造中华民族光辉未来"的豪迈情怀。据讲解员介绍，"八办"另一个特色是在1937—1938年间，周恩来等一批老革命家都在此工作生活过。参观他们的故居，你会发现陈列非常简朴，不过是当时一般家庭最寻常的桌椅、带有蚊帐的木床等，根本找不到任何奢侈豪华的家具。但正是他们——生活朴素的共产党人，却从事着当时最伟大的工作，为民族解放做出了不可磨灭的贡献。

沿着木质楼梯拾级而上二楼，你会惊讶地发现这里有一个"大后方孩子剧团展览"，里面陈设着最基本的一些演戏用的普通道具，自然是无法与现在任何一个小剧团相比。正是这些可爱的孩子们，通过他们的表演，广泛宣传、动员人民群众参加抗战，成为"八办"筹备粮饷和军需物资、输送大批爱国青年赴延安和抗日前线、阐明我党抗日主张、建立广泛抗日民族统一战线等功勋的重要组成部分。孩子剧团因而充满了神秘的传奇色彩……

纪念馆的陈列是相当简单甚至简陋的，但仍令人充满了崇敬，以至于流连忘返。因此，这天当我走出纪念馆时，暮色已苍茫，在夕阳的余晖中，这栋小楼显得无比的庄严与伟大，不禁让人浮想联翩：它被列为省级文物保护单位，又被辟为青少年爱国主义教育基地，是无言地昭示我们中国人——不要忘记那一段历史！

2021年，我们喜迎中国共产党百年华诞！前事不忘，后事之师，中华民族只有团结起来，在中国共产党的领导下，才能最终实现中华民族的伟大复兴！

红色文化伴我行

阳山县第三幼儿园　梁琼芳

2021 年 5 月 1 日　星期六　晴

今天是一年一度的"国际劳动节"。假期的第一天，正逢阳光明媚、风清气爽的好天气，适合一家老少回家看看。我的家乡在太平镇沙陂村，那是一个山清水秀、人杰地灵的美丽乡村；那里有我牵挂的亲人，有养育我、激励我的父老乡亲。

每逢回到家，我总迫不及待地拎着一袋馒头和包子去看望我敬爱的介祥伯。邻居祥伯是一名曾参加过抗美援朝的退伍军人，他的右眼就是 1950 年 10 月在朝鲜战场中被敌人的飞机炸伤的，几乎失明。在去他家的路上，他的事迹在我脑子里不断回放，心情越发激动。太久没见他了，不知道他是否还记得我？距离上一次回来见他已经相隔大半年了，那时的他已经有点老懵懂了，对以前特别是当兵年代的事情记得十分清楚，但对于近些年的已经很模糊，甚至毫无印象。到祥伯家门口，只见大门紧锁，周边也缺少了人气，一种不祥的预感油然而生，难道祥伯已经……不敢往下想。这时，刚好邻居秀嫂经过，听了她的一番陈述，得知祥伯已离开我们几个月了。在他临终前还特地嘱托儿子不要搞隆重丧礼，静静地离世、归属大地便是他最好的遗愿。听着听着，我的眼泪情不自禁簌簌而下，一方面是对令人敬佩仰慕的祥伯深重的悼念，另一方面也为自己最近对家乡信息的关注不够而深感歉意。

祥伯的身上具备了老一辈共产党员的优秀品质：艰苦朴素、不计得失、谦虚谨慎、不畏牺牲。在我还在读小学的时候，他常常被校长邀请来学校，走进我们的班级给我们讲红色故事，他一身的军装打扮，精神、帅气；充满自信、非常自豪地讲述在抗美援朝的战争中如何跟着连长（他说他那时是连长的小跟班）在炮火连天的战场上英勇作战，他还把他的立功勋章也带来给我们开眼界，虽然那时的我们似懂非懂，但在我的心里有一个梦想在偷偷扎根了，那就是"当兵梦"。每一次的红色故事讲述结束前，他都要和我们讲同样一席话，那就是："共产党好呀，我们要感谢共产党，没有共产党就没有我们今天的幸福生活！你们要好好学习，将来做一名对社会、对国家有用的人。"

在我的成长历程中，红色文化伴着我行。"怕死就不当共产党员！"一位15岁女孩用生命诠释了坚贞的深刻含义，她就是刘胡兰。万里长征、解放战争中无数革命战士流血牺牲，用生命诠释"没有共产党就没有新中国""没有革命先烈的牺牲就没有我们的幸福生活"！面对未来，我们应当继承这些红色革命精神，为中国梦的实现尽我们所能，让红色文化永远传承。

抗"疫"踏春风归来

连南县人民医院　房丽珍

2021 年 4 月 3 日　星期六　阴

去时风雨锁寒江，归来落樱染轻裳。翻开精致的红色日记本，一个故事在脑海里清晰回放。

去年今日，我和队友从湖北抗"疫"前线集中休整归来。连南县人民医院全体医务人员在医院大厅列队欢迎我们归来。医院大厅上方 LED 屏显示着欢迎我们的横幅，路边和医院门前聚集了好多人。有志愿者，有学生，有社会各界人士，他们拿着小国旗、拉着"欢迎回家，你们最棒"的横幅。警车为我们开道，人们夹道欢迎，鲜花、掌声、拥抱、热泪……一场最高的礼遇、最隆重的仪式欢迎战"疫"英雄回家。

2 月 15 日跟随清远市第三批医疗队驰援湖北武汉，已有三十五天。可这短短的三十五天，对于我们而言，却是一次"路漫漫其修远兮"的征讨，是一场艰苦卓绝的殊死斗争。有人说，我们的身影像南丁格尔手中那盏深夜的灯，点亮了武汉的黎明。

山河无恙在我胸，我们身着统一的队服下了车，短短一个多月的分别，好像度过了漫长的岁月，终于又见到了以前朝夕相处的亲人、同事们、朋友们。我们平安地回来了！

那一刻，一滴滴热泪流下来，表达不尽同胞的手足亲情。鲜花一举再举，泪水抹了又抹；一声声发自内心的祝福，一首首诗与歌的赞颂。

医院的大厅怎容得下这如江似海的深情！

我向所有在场的人深深鞠躬，发表了自己的感言。2020 年 2 月 15 日出发前一刻，我没有跟父亲透露行程，启程上车后，我终于忍不住致电告诉父亲去武汉抗"疫"的事情，父亲沉默了一会儿，叮嘱我"一定要保护好自己"。彼时，我的泪水才止不住地流下来。没有来得及吃午饭，也没来得及和父母当面道别的我匆匆踏上了驰援武汉的征途。

作为一名共产党员，我没有生而英勇，而是在平凡的工作岗位上，认真践行南丁格尔的高尚品质，秉承全心全意为人民健康服务的宗旨，给患者带来安慰和希望。在武汉的方舱医院，我挥洒了汗水，也收获了点赞。"感谢你手心里的温柔。"其中有一个患者对我致谢说。

目前，疫情防控工作仍丝毫不容马虎，在以后的抗"疫"道路上，我将继续全力做好各项防疫工作，携手同心、砥砺前行，为中国共产党成立一百周年献上满意的答卷。

信仰与长征

——读《红星照耀中国》浅思

连南瑶族自治县田家炳民族中学　唐四贵

2021 年 4 月 13 日　星期二　晴

　　长城万里，古代劳动人民用血肉筑成；长征万里，红军战士用信仰实现。这是我今天读了美国记者埃德加·斯诺《红星照耀中国》的深刻感悟。

　　为人正直，热爱和平、正义的美国记者埃德加·斯诺，于 1936 年 6 至 10 月，突破重重困难，对陕甘宁边区进行实地考察和采访。在关注中共领导者的革命策略，留心观察普通红军战士的日常生活后，根据自己掌握的第一手材料，斯诺完成了《红星照耀中国》这部报告文学的写作。在斯诺看来，中国共产党领导下的中国红军之所以能够取得胜利，主要原因之一是有"群众的力量是无穷的"这一信仰。

　　古语云："得人心者得天下！"在历史的长河里，人民群众是历史前进的最终决定力量，这是亘古不变的真理，无论是在革命时期，还是在建设时期，始终依靠群众是中国共产党的基本原则，更是红军无往不胜的"法宝"，而这也是"白汉"与"红汉"的根本区别所在。正是凭借这一"法宝"，红军才没有重演石达开的悲剧，顺利渡过大渡河，穿越从来就没有汉人军队穿越过的彝人地区。

作为新时代的我们，要深刻认识到人民群众的力量是无穷的，时刻谨记人民群众是江是海，共产党人是鱼是舟的道理，任何事业的成功都不能脱离群众。例如抗击新冠疫情的战争，人民群众是抗疫的主体。在这场战争中，没有谁能置身事外，必须人人参战，做到科学防控、精准防控，确保各项措施落实无死角。人民群众是我们力量的源泉，打赢疫情防控阻击战，我们就充分发挥了群众的力量，最大限度地遏制疫情的扩散传播。"天地之间有杆秤，那秤砣是老百姓"，只有认真对待群众，和群众站在一条战线，才能得到群众的拥护和爱戴，才能取得抗击疫情的胜利。

"每一代人有每一代人的长征路，每一代人都要走好自己的长征路。"当前，我国进入了全面建成小康社会的新的历史时期，这是一个"新长征"。在"新长征"的征途上，新情况新问题层出不穷，我们只有充分依靠群众，相信群众，才能圆满完成新的"长征"。

新时代的革命精神

清远市华粤光明学校　　潘运鸿

2021 年 5 月 23 日　星期日　晴

这个周末，天空晴朗，万里无云。在这蓝色的天空之下，我迈着愉快的步伐，走在东湖公园，回顾伟大的中国共产党走过的历史道路。

迎面而来的第一幅图展示的是 1921 年 7 月 23 日，中国共产党第一次全国代表大会在上海、浙江嘉兴举行。此时全国有党员五十多名，大会宣告中国共产党正式成立。从此在古老落后的中国出现了完全新式的、以马克思列宁主义为行动指南的、以实现社会主义和共产主义为奋斗目标的统一的无产阶级政党，中国革命的面目开始焕然一新。

瞬间画面一转已经来到 1922 年 7 月，中国共产党在上海举行第二次全国代表大会，这时全国有党员 195 人。大会第一次提出了明确、完整、彻底的反帝、反封建的民主革命纲领。

看到这一幕幕激动人心的画面，当下的幸福生活实属来之不易，是在党的领导之下，无数的人民战士用生命和鲜血换来的，爱国主义教育和传承红色基因理应代代相传，激励一代又一代人，不断探索，不断进取，为创造更加美好的明天而努力。

可是近年来，污蔑先烈的事例层出不穷：在网上出现了"邱少云事迹违背生理常识""狼牙山五壮士违纪偷吃萝卜"等诋毁、污蔑革命先烈的不和谐声音。

这些人做出这样的侮辱先烈的事，难道良心过得去吗？他们为什么不想想当年侵略者的铁蹄践踏我们美丽山河时，每一个有良知的中国人脸上流着泪，心中淌着血。为了神圣不可侵犯的祖国，先烈们在黑暗中摸索，在屈辱中抗争，甚至献出宝贵的生命，而现在某些国人的做法太让革命先辈们痛心失望了。

红色精神是对崇高共产主义理想的追求，是勇于拼搏，是自强不息，是不屈不挠！我们不能忘记历史，更不能忘记流血流汗。我们理应前赴后继，继续用鲜血与生命铸造新中国新时代的革命精神。用自己的绵薄之力，去爱国，去守护国家荣誉，传承红色基因。

游中共一大会址纪念馆有感

连南大麦山镇白芒小学　张丽卡

2021 年 2 月 8 日　星期一　晴

　　上海是一座具有浓厚文化底蕴和众多历史古迹的城市，中国共产党第一次全国代表大会就是在当时上海的法租界望志路召开的。到上海，我决定到一大会址参观学习。乘坐上海地铁一号线在黄陂南路站下，步行一阵便走到了。

　　进馆参观需要身份证实名登记，全程免费。怀着兴奋的心情，终于见到了这幢在电视上和课本上出现无数次的石库门楼房。耳边是会馆讲解员的声音："这栋楼房建于 1920 年秋，是当时出席中共一大会议的上海代表李汉俊及其胞兄李书城的寓所。1952年中共一大会址修复，建馆并对外开放，1984 年 3 月，邓小平为中共一大会址纪念馆题写了馆名。"

　　进入展厅，首先映入眼帘的就是一面雕塑墙，上面雕刻着中共一大代表的形象。移步到左边便是一面党旗与入党誓词。一排戴党徽的党员肃立在誓词前，右手握拳，铿锵有力又饱含感情地朗读着被成千上万的中共党员奉为一生的信仰与追求的誓言。这声音响亮又坚定，我的内心顿时也激昂起来，也有一串快要冲破喉咙的心声，那就是：此生无悔成为一名中国共产党党员。

纪念馆的陈列内容从"起点"到"前赴后继，救亡图存""风云际会，相约建党""群英汇聚，开天辟地"再到"追梦"，将近百年的峥嵘岁月与伟大业绩用文物、图片、艺术品、多媒体和沙盘模型等多种手段再现了中国共产党的光辉历程。"作始也简，将毕也钜"——这是 1956 年春节董必武为中共一大会址的题词。短短数字，揭示了事物由简到繁、由小到大的发展规律。

在这庄严的氛围里，鲜红的党旗像一片火焰般照耀着馆里的每一个角落，也照耀着每一个人。在一件件珍贵展品前流连，一个个历史场景无声而有力地激动着参观瞻仰者。

中国共产党的成立，这是中华民族发展史上开天辟地的大事。中国共产党从这里诞生，中国共产党人从这里出征，中国共产党历史从这里开始。九层之台，始于垒土，要实现中华民族的伟大复兴，必须不驰于空想，不骛于虚声。这是我一直铭记在心里的话。奋斗百年路，启航新征程，我也要一步一个脚印，踏踏实实工作，努力以优异的成绩，为党旗添一缕光辉。

走进连南瑶乡革命根据地

连南大麦山镇上洞小学　房玉芳

2021年5月4日　星期二　晴

今天是五四青年节，我们一行人来到连南县三江镇金坑村红色文化旅游基地参观学习，感受老区的革命人文情怀，与先烈们来一次穿越时空的精神交流。

解放战争时期，中国共产党为开辟金坑、大小龙山这块粤桂湘三省接合部游击根据地，组织瑶族革命队伍，支持武工队开展武装斗争，在连南瑶区金坑乡瓦角冲村插上中国共产党在连南瑶乡的第一面红旗，从此金坑片区染上了鲜艳的红色，种下了武装斗争的种子，也涌现出了一个个优秀的中国共产党党员，让红色基因代代相传至今。纪念馆讲解人给我们详细地介绍了当时金坑反"三征"自卫队党员们是如何在艰苦的条件下进行武装斗争，一幕幕历史鲜红地展现在我的眼前。一颗颗红星在熠熠生辉，一幅幅图片、一个个雕塑，一件件实物，让我们了解了连南革命烈士可歌可泣的英雄壮举……听着听着，我们仿佛回到了那个战火纷飞、激情燃烧的岁月，仿佛参与到了金坑反三征自卫队武装斗争的场景中……

为了更深入地了解这片红色革命基地，让我们的思想得到洗礼，我们一行人决定跟随前辈们走过的足迹，重走先辈们的革命路线，与他们进行穿越时空的对话。我们走过弯弯曲曲的山路、越过茂密的草丛，来到游击小分队纪念碑，经过山凹凉亭，在入党誓词碑前重温了入党誓词，庄严承诺做一名中国共产党党员的坚定决心。

在炎炎夏日下，我感受到了革命年代先烈们百折不挠的精神、所向披靡的斗志，感受着金坑村的红色历史荣光。无数烈士们为民族解放而抛头颅，洒热血，牺牲了宝贵的生命。是他们那一代人的艰苦奋斗、不怕牺牲才换来了我们今天全国人民的独立自强、安康幸福、自由美满……

今天金坑革命老区的人民在中国共产党的领导下，靠着勤劳的双手过上了美好的生活，把家乡建设得越来越美丽，生活越来越有盼头。他们引进了投资，开创了兰花和香菇种植基地，产品远销县外。

红色革命的种子需要播种，也需要传承和发展。当今的中国虽然解决了温饱和贫困，但来自国际社会对中国的各种攻击和打压声仍不绝于耳。所以作为新时代的中国共产党党员，作为新时代的追梦人，作为新时代的人民教师，我们要向学生讲好身边的红色故事，传承好革命精髓，让他们做好新时代的接班人。

学习英雄事迹　传承红色基因

阳山县黄埔学校　李小芳

2021 年 4 月 17 日　星期六　晴

今天风和日丽，我和丈夫带着孩子走进韩愈公园。在公园的西南角，我被几块红色的宣传栏吸引了，版头上写着"学习英雄事迹　传承红色基因"，原来这就是韩愈公园里的爱国教育基地。

之前，我听说红姐曾经带她班的学生来这里参观学习过，当时她还拍了很多照片上传到朋友圈，那晚看了照片才知道原来我们阳山还有这样一个好地方。我一直很想来看看，没想到今天就被吸引过来了。

我认真地看着宣传栏上的介绍，看到著名的"坚持 108 天高陂保卫战"，我马上穿越回了 1949 年的 8 月。1949 年 8 月 13日至 11 月 27 日，高陂民兵和全体村民在极端困难之中，以土枪土炮与装备精良十倍于己的敌人进行了艰苦卓绝的战斗，在 8 月 13日至 11 月 27 日这 108 天里，高陂七十多人的民兵中队打退敌人数十次的疯狂进攻，创造了歼敌六十余人，而自己仅伤亡 4 人的光辉战绩，谱写了高陂民兵坚持战斗 108 天的动人篇章。

战争的硝烟还在脑海里久久回荡，孩子稚嫩的声音将我拉回了现实中。就读一年级的女儿好奇地指着宣传问："妈妈，这些伯伯阿姨是谁？"我顺着她手指的方向看了看，这些都是在我们阳山工作过的著名的共产党员。我耐心地对她说："这些伯伯阿姨为我们阳山的革命事业做出了很大的奉献，如陈枫同志、冯光烈士、江风烈士、朱永仪烈士、梁泽英烈士、潘贻燊烈士……"我为女儿一一介绍。

丈夫听后感叹："我们今天的幸福生活真是来之不易啊！"女儿似懂非懂地点点头。

"共产党员真伟大！爸爸，你是共产党员吗？"女儿笑眯眯地看着丈夫问。

"当然，爸爸很早就入党了。"丈夫骄傲地说。随后，他严肃地举起右拳重温入党誓词："我志愿加入中国共产党，拥护党的纲领，遵守党的章程，履行党员义务，执行党的决定……"此时，庄严神圣之情不禁跃然心头。

红色故事小记

连南大麦山镇上洞小学　房民计二一妹

2021 年 4 月 16 日　星期六　晴

　　每当看到学校的五星红旗冉冉升起的时候，我总会想起书本中学习的《狼牙山五壮士》《我的战友邱少云》《董存瑞炸暗堡》等英雄故事，他们为了革命的胜利，不惜牺牲自己的感人故事。

　　在送宣传片下乡活动中也看过许多革命的战斗片，比如：《小兵张嘎》《保卫延安》《南征北战》，一个个为了让老百姓过上好日子而献身革命的英雄的故事也深深地触动了我的心灵，让我感受到今天的幸福生活来之不易。

　　今天在"学习强国"中学习了长征路上《半条被子》的故事，深深地震撼了我。故事中讲到：湖南汝城县沙洲村，当红军来到村子时，不少村民都躲了起来。当时 34 岁的徐解秀因为裹了小脚，又背着刚 1 岁的儿子，没有来得及走远。留在村里的人很快就发现，这些红军打扫卫生、清扫街道，看见有的家门口有柴火就动手帮户主劈柴火，看见有的院子里水桶没有水了就帮户主去挑水。

不少红军战士疲乏了，也不进村民家门，就在街头、场院里和衣而睡，天上下起雨雪，战士们就挤在屋檐下躲避。

时已入冬，寒风凛冽。善良的徐解秀看到红军这么艰苦，她就让3名女红军住到了家里，赶紧为女红军们做了晚饭，为她们烧水洗脸洗脚，为她们生起炭火取暖。但徐解秀家里一贫如洗，只有一张木架床，床上只铺了稻草和破棉絮，盖的是一堆烂棉絮，连一条完整的被子都没有。女红军们在急行军中丢弃了行装，只带着一条棉被，女主人就和3位女红军合盖这一条被子、挤在这一张床上，而男主人就睡在门口的草堆上守护着她们。3位女红军在徐解秀家里住了几天，同吃、同劳动、同睡一铺，还帮着徐解秀带孩子、烧火煮饭，闲时给徐解秀夫妇讲革命道理。

几天后的大清早，女红军们要上路了。出门的时候，她们决定把这唯一的被子留给徐解秀夫妇，但夫妇俩说什么也不肯接受。3位女红军见说服不了徐解秀，就不由分说地把被子往床上一扔，抽身就往村外跑，徐解秀赶紧抱起被子，拼命地追了出去。她们在村口推来搡去，争执不下。这时，一位女红军从背包中摸出一把剪刀，把这条被子剪成了两半，她拉着徐解秀的手哽咽着说：等革命成功以后，我们一定会来看你们，到时候一定要送你一条完整的新棉被。

是呀，正因为有千千万万个像3位女红军那样关心老百姓的人，中国共产党才得到广大人民的拥护。我作为一名党员，又是一名乡村的人民教师，要将女红军的革命精神继续传承下去，把整颗心都交给教育事业，更好地服务学生，为家乡、为社会培养更多的优秀人才。

红色日记

佛冈县城北中学　张灼辉

2019 年 10 月 18 日　星期五　晴

为庆祝中华人民共和国成立 70 周年，弘扬爱国主义精神、激发爱国热情，结合"不忘初心、牢记使命"主题教育，我校党支部组织全校老师到大地电影院观看了爱国主义电影《我和我的祖国》。

影片取材自新中国成立 70 周年以来 7 个重要的历史瞬间。通过 1949 年开国大典前夕、1964 年第一颗原子弹爆炸成功、1984 年女排奥运会夺冠、1997 年香港回归、2008 年北京奥运会开幕、2015 年纪念抗战胜利 70 周年阅兵、2016 年神舟十一号飞船返回舱成功着陆等 7 个历史事件中普通人与祖国大事件息息相关、密不可分的动人故事，带领我们回忆那一段段光荣而难忘的历史时刻，展现了伟大祖国的进步和强盛。

看完电影，我被深深地震撼了。那一个个中国老百姓平凡朴实、感人至深的真情故事，把我带进了那一个个不平凡的岁月。

我为新中国成立以来所取得的巨大成就而感到骄傲，也为自己是一名炎黄子孙而骄傲。在今后的工作中，我会以大局为重，抛弃个人的私利，把自己的一切都奉献给党的教育事业，为培养中华民族的接班人而努力工作。于是我写下一首七律来表达自己的感受。

七律·国庆七十周年有寄

是谁屹立亚洲东，锦绣山河一片红。

航母劈波游碧海，银鹰展翅舞苍穹。

喜闻北斗青云里，欣见嫦娥素月中。

钢铁长城今日在，枕戈吹角战狂风。

2020 年 6 月 30 日　星期二　晴

盛夏六月，天空中悬着火球般的太阳毫不留情地烤着大地上的一切。大地被晒得发烫。但炽热的太阳阻挡不了我们参观红色教育基地的热情。

下午，我们四十余名党员同志在学校党支书记钟润培的带领下，来到中共佛冈县第一个支部成立的旧址——水头镇石潭村天西乡的廖氏宗祠内，通过参观和听讲解员的讲述，那简单的劳动工具、那落后的武器装备、那激动人心的战斗历史，都让我感触颇深。也让我进一步认识到，作为一名党员干部，必须树牢党员干部的使命意识，也更坚定了我要永远跟党走的信念。

红色之旅尽管只有短短半天时间，却使我们深受了一次丰富而生动的革命传统教育。我真切地感受到家乡不平凡的人和事，正是有了这些甘于抛头颅、洒热血的战士们的前赴后继，才有新中国的建立。我要把红色的革命传统带回到自己的教育岗位，让我们的学生知道、了解这段历史，让他们代代相传，成为实现中华民族全面复兴的永久动力。为此我用一首七律来表达自己的感受。

七律·参观水头红色教育基地

清风送我到西乡，黛瓦青砖石径长。
一望空山悬旭日，三间静室写沧桑。
宗祠错落英魂在，老树横斜正气扬。
红色未随时代改，水头基地永留芳。

走访革命老区，传承红色基因

阳山县七拱中心小学　梁国权

2021 年 4 月 3 日　星期六　多云

今天，我回到了小江塘冲、罗汉塘革命老区，走访了冯光纪念中学。

第一站：革命根据地——塘冲龙塘村

早上八点钟左右，我和朋友就驱车从阳山出发。春光明媚，小北江像一条碧绿的绸带，蜿蜒在 107 国道旁，沿河两岸的美景像播放电影一样，一幕接着一幕，令人心旷神怡。

约走了半小时的车程，我们就到达了石螺，然后开始走山区公路了。汽车在蜿蜒的公路上盘旋而上，此时此景，让我想起了"山重水复疑无路，柳暗花明又一村"。早上九点钟左右，我们就到达革命根据地——塘冲龙塘村了。

龙塘村是塘冲打响解放战斗第一枪的地方。解放前的龙塘村坐落在塘冲最高峰——八界山的山脚下，只有零散的两处泥墙瓦房，住着十来户人家。当年的革命先辈，凭借着这里的天然屏障，进行了战斗。虽然已很难寻找到当年战斗的历史痕迹和文物建筑，但是这里的人们能够铭记历史，珍惜现在来之不易的幸福和平生活，传承着革命红色基因。

现在的龙塘村，在党和国家的关怀下，发扬革命传统精神，艰苦奋斗，团结一致，把村庄建设成美丽的文明村——一座座崭新的楼房整齐地排列着，街道笔直、整洁，建有公众娱乐场所、健身设施，村庄前面建有一个美丽的池塘。

环视四周的山顶，一个个高大壮观的风力发电风车也成了一道独特而亮丽的风景线。

第二站：革命根据地——罗汉塘

吃了午饭，我们又绕道塘冲苦竹村，向第二站革命根据地——罗汉塘出发。一路上春风和煦，我们的心情也很愉悦。汽车在山村公路奔跑着，时而经过美丽的村庄，可以听见鸡鸣狗叫的声音；时而看见一片一片的田野，农民们正在辛勤地播种；时而看见路旁一棵、两棵的银杏树，像一个个站岗的士兵向我们敬礼。

我们首先参观了罗汉塘"沙坪战斗"遗址，接着听当地老年的村民讲述当年战斗的英雄事迹，然后用照片记录下当年"沙坪战斗"的遗迹。革命先辈利用沙坪村的有利地形，纵横交错的山脉，开展机动灵活的游击战，以弱胜强，痛击顽固土匪、恶霸，扬我革命根据地之威风。"沙坪战斗"的革命英雄事迹，激励着一代又一代的人不怕艰难险阻，奋勇前进。

现在，沙坪村的村民已经搬迁到新的地址居住，新的村庄美丽，楼房整齐，村庄前面是条两车道的省道，交通便利。前面是一大片肥沃的田地，很多村民都种上经济作物，过上幸福的生活。他们把红色基因一代一代传承下去，用自己的双手去建设更加美好的未来。

第三站：冯光纪念中学

下午三点多钟，我们顺着原路返回到石螺，参观冯光纪念中学。

冯光纪念中学位于石螺的中心，坐落在一个小山丘上，环境幽雅，创建于 20 世纪 90 年代，是党和人民为了纪念冯光这位英雄而创建的。

我们怀着崇敬的心情瞻仰了冯光先辈的雕像，了解他的英雄事迹，心情久久不能平静，浑身充满无穷的革命力量。

冯光（1920—1949）是中国人民解放军粤桂湘边纵队的优秀指挥员。他作战英勇，屡立战功，曾任中共粤桂湘边工委委员兼连江支队司令员。

冯光为了人民的解放事业壮烈牺牲。冯光的一生，是战斗的一生，为人民谋解放的一生，为共产主义事业奋斗的一生。

冯光的这种革命精神，激励着一批又一批的莘莘学子，他们把红色基因传承下去，刻苦学习，积极锻炼，学好文化知识，长大后把自己奉献给祖国、奉献给社会、奉献给人民，面对机遇，面对挑战，肩负起自己所在岗位上的职责，为建设祖国美好的明天做出了奉献。

走访革命老区的一天参观旅程结束了，但是革命老区的那种革命精神却在延续，我们要传承红色基因，以饱满的热情投入到工作学习中去。

烽火大路边

连州市大路边中学　易域勤

2021 年 5 月 18 日　星期二　晴间暴雨

今天，整理采访笔记，回顾解放连州市大路边的战斗历程，心潮激荡，得此小文。

1949 年 11 月 5 日　星期日

凌晨五点，各路战斗小组按预定时间进入作战位置。

凌晨六点，我军总攻开始。解放军沿公路直下绕过村东北角包围全村。首先从正南方向新城楼发起攻击，年轻的解放军战士冒着敌人密集的火力，勇敢打击敌人，冲在最前面的战士不断地倒在血泊里。敌人罪恶的子弹不断地从暗堡、碉堡、枪眼、门楼、围墙上的制高点射向我军。盘踞在婆婆磊的敌军也不断地对我攻村部队进行两面夹击，妄图配合村里的敌军阻止我军进攻。在这万分危急的情况下，我埋伏在沙尾岭的部队对从星子赶来增援的来犯之敌进行了坚决的打击，阻止了增援之敌和婆婆磊之敌的会合。攻击部队从不同方向攻城，战士们在手榴弹的爆炸所产生的烟雾的掩护下，匍匐前进，靠近墙脚，用机关枪、冲锋枪、迫击炮压制敌人的火力点，狙击手用狙击枪打掉了最北边炮楼里的敌军机枪手。投弹手扔出了一颗手榴弹，在敌军的炮楼里爆炸，炮楼里的敌人暂时停止了向我攻城部队射击，我军战士迅速攻入敌军炮楼，用机枪扫射，消灭了炮楼里的敌人，部分敌人缴枪投降，我军控制了最北边炮楼。

凌晨六点半，隐蔽在村里各暗堡的敌人，不断地拥向最北边炮楼，妄想重新夺回控制最北边炮楼，以达到阻止我军全面进攻目的。我占领敌军炮楼的战士，利用炮楼不断打击敌人的反争夺，打退了敌人的多次进攻。最北边的敌人只好利用围墙上的其他碉堡，控制北边通往主城门的各个巷道，妄想阻止我军翻越围墙，打开城门，攻入城内。负责正面攻击的部队，一边打击敌人一边不断冲向围墙脚，准备从不同位置爬墙攻入村内。敌人利用围墙高、厚，碉堡多，敌暗我明的条件，不断地用罪恶的子弹扫射我攻城的战士，冲在最前面的战士不断倒在血泊里，小牛身上中了十几枪，不幸当场壮烈牺牲。经过一边前进一边打击敌人，一排的几名战士终于靠近了敌人的围墙脚下，战士们趁敌人换子弹的瞬间，把手榴弹扔进了敌人的枪眼，然后马上架起人梯，爬上敌人的围墙。一排罪恶的子弹打在了第一位爬上围墙的战士身上，鲜血溢满了战士全身，第一位战士不幸从围墙上摔了下来，英勇牺牲。第二位、第三位爬上围墙的战士一边前进一边打击敌人……几个敢死队员爬上围墙进入村内和敌人展开肉搏战、巷战，攻入围墙内的战士不幸全部牺牲，鲜血染红了围墙、巷道。

早上七点，第三次总攻开始，攻打主城门的部队，利用重机枪、迫击炮不断打击敌人，压制敌人的火力，部队匍匐前进。各攻击部队各个击破敌人。攻城部队处于胶着状态。盘踞在婆婆磊的敌军以及从星子赶来增援的交警，在我军埋伏在沙尾岭部队坚决有效的打击下，无法越过我军封锁线，增援村内敌军。一营狙击手先打掉敌军围墙上的暗堡，敌人的重机枪哑了。我军几个排的战士同时靠近围墙脚，有的用自动步枪打击敌人的火力点，有的用炸药炸开围墙最薄弱的地方，有的架起人梯爬上围墙，不断打击敌人，跳进围墙内近距离和敌人展开巷战、肉搏战。攻入城内的战士大部分牺牲，剩下的战士靠近了城门口，把手榴弹扔向敌军，手榴弹在敌军中爆炸，炸得敌人鬼哭狼嚎。战士们趁敌军晕头转向的机会，迅速占领了城门口，利用敌人的碉堡、机枪、冲锋枪打击从两边巷道拥来的敌人。其中一个战士迅速用铁锤砸城门，砸不开，就用手榴弹、炸药炸城门，城门在强大的爆炸声中轰然倒塌。我军城外的部队，一边打击楼上的敌人，一边冲向城门。敌人从楼上扔手榴弹下来，战士们马上捡起手榴弹扔上楼去，手榴弹在城楼上爆炸，炸得敌人哭爹喊娘，血肉横飞。

早上七点半，攻城部队攻进村内，战士们利用巷道角落不断打击敌人，对靠近的敌人展开肉搏战。战士们的手脚受伤了，就用牙齿咬、用头撞、用身体压倒敌人。敌人在战士们勇敢的打击下，节节败退，门楼上暗堡的敌军终于被拔掉，剩下的敌人不断往敌军的指挥部退去，妄想利用指挥部及周围的暗堡工事阻挡我军的攻势。婆婆磊偷袭的敌军，在我军顽强的打击下，无法前来增援村内的敌人。我军包围全村各处的敌人，从不同的攻击点打开敌人的缺口，从四面八方攻入村内，展开巷战打击敌人，迅速地向敌军司令部推进。巷战打得十分激烈，处于胶着状态，部分敌军从东门村前的排水沟偷偷地逃出，向村对面的制高点——红磊顶发起强攻，妄图占领红磊顶、细奇冲，形成南北夹击，阻止我军解放全村全城。我埋伏在红磊顶的第十团部分游击队战士，利用有利地形，居高临下，用简陋陈旧的枪支弹药打击敌人，敌人丢下了不少尸体，游击队员的枪打得发红发烫，机枪手不幸牺牲，子弹打光了，游击队员就用石头砸向敌人，用树枝做的标枪飞镖打击敌人。

上午八点，战斗十分激烈，我游击队被迫暂时从红磊顶往旱冲、长冲塘山顶撤退，敌人占领了红磊顶，威胁我东门、南门突击的部队，威胁我攻打敌军指挥部的部队。在这危急关头，部队首长马上调集一个连增援夺取红磊顶。部队到达红磊顶山下，利用几门迫击炮、机枪不断推进打击红磊顶上的敌军，敌军在我军英勇的打击下，丢下不少尸体和伤员，从红磊顶右侧山坡败退，从细奇冲小路退入村南敌军控制的三分之二城内和指挥部，我军再次夺取控制了红磊顶，为我军解放大路边全村提供了有力保障。

上午八点半，从星子增援的敌交警支队，在我沙尾岭埋伏部队的顽强阻击下，无法与婆婆磊、村内的敌军会合，只好败退回星子。盘踞在婆婆磊的敌军，在我军的坚决打击下，只好放弃婆婆磊制高点，从小利水山顶转过村后山顶败退入村内，与东南敌军汇合。下午五时，东门、北门大部分地方被我军控制，我入村部队继续追击东南之敌。因村内有不少群众，敌人扣压了我们不少群众作为人质，我军无法用迫击炮打击敌人，只能用打歼灭战的方法，逐一打击敌人，不断向敌军指挥部推进。敌人不断地从村内四面八方拥向敌指挥部，采用了反包围，妄图两面夹击我入村部队。我军组织阻击歼灭、各个击破的方法，先拔掉东北、西北、西南各据点、碉堡之敌，占领制高点，阻止从星子、婆婆磊、沙尾岭来增援之敌，切断了敌军的补给线和增援部队。部分敌人放弃抵抗，战场起义，加入了我人民解放军，一起包围敌军残余部队。敌军东北角被打开了缺口，面对包围圈的缩小，敌军更加疯狂，不断押着我们的人质向我军反扑。

上午九点，狙击手小华利用房屋顶最高点的障碍物作为隐蔽点，从不同角度瞄准靠近最前面的敌人，只要一有机会就射击敌人，射击的准确率达到了百分之百，击毙了不少押着群众当人质冲锋的敌人，躲在群众身后的敌人再也不敢露头了。"乡亲们，马上趴下。"黄连长说。走在前面的群众马上趴在地上，一排长和几名战士趁敌军反应慢的时机，用冲锋枪扫射，消灭了躲在群众身后的敌人。我军不断打击敌人，拔掉了敌军指挥部周围的不少据点，有部分敌军放弃了抵抗，战场起义；大部分敌军从南面的小河沟沿沟向大河逃跑退出。逃出来的敌人，不断地向红磊顶强硬冲锋，妄想重新夺回红磊顶，控制红磊顶，为重新夺回大路边做垂死挣扎。我埋伏在红磊顶上的第十团部分游击队员、解放军战士，居高临下，狠狠地痛击往红磊顶上冲的敌人，打退了敌人的十多次冲锋，很多战士负了重伤都不愿意退出战斗。在我军顽强的打击下，红磊顶下留下了敌人的遍地尸体，敌人只好丢下尸体，从细奇冲败退往浦东从白水那边退去星子，至此，大路边全村彻底解放。

大路边的战斗真正体现了得道多助，失道寡助的理念。大路边的解放，有力地加速了连阳四县、清远境内的解放，有力地打击了敌人的嚣张气焰，肃清了盘踞在大路边境内的敌人，为解放清远、解放广东全境做出了重大贡献。

中学组

牢记红船精神 跨越百年再出发

清远市第一中学 高一（10）班 唐敏玲

2021年5月2日 星期日 多云

盼望着，盼望着，我终于得以亲眼一探中国共产党梦想起航的地方——嘉兴南湖红船。

走过成片枝叶繁茂的绿荫，一眼望去是水波粼粼的南湖，矗立着的烟雨楼在水汽氤氲下尽显诗情画意，紧接着一艘红船跃入眼帘。我曾无数次在书上看过它那静静停驻的模样，却未曾料到，当目光真实触摸到它那抹泛着历史光辉的漆红时，我的内心波涛汹涌。

望着这抹碧绿清波上浮动的漆红，那些红色伟大人物的身影和革命故事不断在脑海中涌现……就是在这艘小小的红船上，诞生了一个伟大的政党——中国共产党，掀开了中国历史崭新的一页！在万千感慨中，我踏入庄重恢宏的南湖革命纪念馆，头顶上巨型党徽照亮了整个展厅，浮雕再现了中国近代历史上的重大事件，那种神圣与光荣让人记忆深刻，我感受到跨越百年，传承至今的红色革命精神。今天的幸福生活，正是无数仁人志士发扬红色革命精神，抛头颅、洒热血誓死拼搏而来的，当倍加珍惜。

在漫步南湖时，偶遇景区管理船舶的本地阿伯，他哼着红歌，活力十足地干着工作。我不禁问："阿伯好！您怎么干活这么开心呀？"他仰起头对我说："现在时代好哇！政府帮扶我们，我们革命老区振兴发展，现在齐心搞产业，工作生活都有保障，能不高兴嘛！"说完，笑得咧开了嘴，幸福之情溢于言表。记起曾在课本上学过"红船精神"——"开天辟地、敢为人先的首创精神，坚定理想、百折不挠的奋斗精神，立党为公、忠诚为民的奉献精神"。今日嘉兴，正发扬百折不挠的奋斗精神，充分挖掘和利用红色资源，推进红色景区建设，大力发展第三产业，带领人民群众在新时代有新作为，让"红船精神"绽放新的时代光芒。

天色渐暗，我的嘉兴红色之旅到了尾声，而时代的铿锵之音在这革命老区正徐徐扬起前奏，秉承"红船精神"，美丽嘉兴正在新时代新征程上奋力开拓！

红星照耀大瑶山

连南瑶族自治县田家炳民族中学 九（6）班 盘小慧

2021年5月1日 星期六 晴

借着五一假期我回了趟家乡。

为了提供一个好的学习环境，父母带我到了县城读书，我已经好些年没回家乡了。我的家乡地处粤北偏远山区，是瑶族人民聚居的地方。房屋是用泥土砌成的极其简陋的瓦房，道路十分崎岖，而且是泥路，车只能到山脚，到家里还需步行近一小时，总是弄得一裤脚的泥，更别说有网络了。然而时隔几年，印象中的泥泞路不见了，与世隔绝村现在居然铺上了一条漂亮的水泥路，一直通到山顶，车自然是畅通无阻。继而，一栋栋楼房映入眼帘，竟然都是几层楼高用红砖建的水泥房，甚至还有几间气派的别墅。短短几年，我的家乡大瑶山发生了翻天覆地的变化！

没有了以前一条裤腿一把泥的窘态，我的心情很愉悦，一放下行李便奔跑着去找爷爷，他是个有50年党龄的老党员，见证了家乡的变化。还没等爷爷开口，我就按捺不住问："爷爷，老家怎么变样了？"爷爷笑了笑，慢条斯理地照着镜子别着党员徽章，满意了才说："哟哟哟，你这丫头！这几年咱们国家不是打响脱贫攻坚战嘛，我们这个山旮旯地方好起来啦，都是咱们共产党的功劳，多亏了党啊！"说完，爷爷便迫不及待牵着我的手，带我到周边走走。一路上，他给我介绍了村中出现的新鲜事物：网络宽带、文化室、读书屋、便民厕所以及村小学的"爱心厨房"……大瑶山过去许多荒废的地方，如今都建起了茶叶、金银花、鹰嘴桃种植基地，还有茶油加工基地，瑶家人民的生活条件有了质的飞跃。落日余晖下，微弱的光穿过云层照在爷爷胸前的党徽上，尽管是微弱的光，但我仍觉得党徽格外的炙热耀眼。在红星照耀下，大瑶山人民过上了幸福美好的生活。身为团员的我，一路走来、听来，无不由衷感叹中国共产党的伟大！

在党的阳光沐浴下，大瑶山迎来了今天和平幸福的生活，作为瑶家儿女，我为大瑶山感到骄傲。青春年少的我，要努力学好科学文化知识，坚定承担起发展瑶乡的责任。我愿大瑶山永远幸福安康，愿党的阳光永远灿烂，愿祖国永远繁荣昌盛！

传播红色文化　凝聚红色能量

——记连樟村之旅

英德中学　高一（21）班　刘施怡

2021 年 2 月 5 日　星期五　晴

今天，我有幸参加"迎新春，探访长者"志愿活动，一大早来到了连樟村这块红色胜地，揭开了她神秘的面纱。

一下车，映入眼帘的是新修葺不久的门匾，点缀着一串串喜庆的红灯笼；新建的水泥路，宽阔整洁；一排排房子，整齐有序地坐落在村中。蓝天白云下，农田一望无际，到处一派生机盎然。短短几年时间，这个省定贫困村从过去的脏、乱、差蜕变为如今的焕然一新，正是得益于国家强有力的扶贫政策支持。

欣赏完村中美景，我们开始探访长者。在第一户家中，我们被"光荣之家""优秀共产党员"牌匾吸引了。深入了解，才知道本户的陆爷爷当年参加过抗美援越战争。讲起抗美援越战争，陆爷爷的眼睛突然有了神采："我们都是听毛主席的，为了国家我们必须要打！"陆爷爷简短话语里透出的坚定，让我们印象深刻。当提到自己的战友，陆爷爷眼中饱含热泪："为了国家，牺牲是不怕的。"时间在此刻定格，一股炽热的，不知名的情感流入了我的胸膛，陆爷爷和战友们保家卫国的责任担当，仿佛都注入到了我流淌的血液之中，随着全身流动，流动……

　　此次探访的第二位长者是一位面容慈祥的老婆婆，我们到访时，她正出神地望着墙上一张泛黄的老照片———一位帅气的小伙子。向她打了招呼并说明来意后，她又望向照片，缓缓说道："这是我的老头子，是不是很帅气？当年抗美援朝的时候，他因为在营里枪法很准，派他去参加战役，拿着枪射死了许多敌人，立了军功。后来，因为太劳累走了。"我们的表情变得沉重起来。她继续说道："你们知道他的枪法有多准吗？学了两三个月，就能够精准射击物体。当时他长得又帅，好多小姑娘都喜欢他，而他最后是我的老头子。"我们欣慰地笑了，感动得一塌糊涂。为了国家，有时候难免要舍小家为大家。在老婆婆的讲述中，我们感受到妻子对丈夫的理解和支持。在那个年代，一定也有许多像老婆婆这样的女性，她们坚强面对未知，始终心怀中国必胜信念！硝烟已散，天地一片清明。无数牺牲换得今日山河无恙，家国安宁。

　　谨以此文记录下"红色长者故事"，希望以己微薄之力传播红色文化，凝聚红色能量。向所有至善至美的英雄致敬，我们永远记住您！

听妈妈讲半截皮带的故事

佛冈县石角中学 九（4）班 黄月军

2021 年 5 月 9 日　星期天　晴

"妈妈，这是给我买的皮带吗？"

从外面玩耍回来，我看了一下放在桌面上的新皮带，气就来了，随手翻了翻上面的牌子和价格，就更来气。

"不是叫你买'皮尔卡丹'皮带吗？怎么买了'花花公子'牌的，四十九元的货，叫我怎么戴出去？"

听到嚷嚷声，妈妈走了进来，平时总挂在脸上的笑容不见了，换上一脸的凝重。

"孩子，你能听听我讲的故事吗？"

见母亲一脸严肃，我心里嘀咕："到底发生什么事了？"

"你听过红军长征的故事吧？"我点了点头。

"1936 年 7 月初，红四方面军开始第 3 次穿越莽莽草地北上。除了恶劣的自然环境，红军战士面临的最大威胁就是粮食严重短缺。一个红军班早已断了粮。一开始，他们想到挖野菜、吃草根、啃树皮，但到后来连野菜也找不着了，他们只好开始吃枪带和鞋上的皮子。可这些东西也没坚持多久就被吃光了，于是大家解下自己的皮带煮着吃。当6位战士的皮带吃完后，大家对战友周广才说要吃他的皮带，战友们都知道，他这条皮带是1934年任合场战斗中缴获的战利品，周广才实在舍不得吃掉自己的心爱之物，可为了抵抗饥饿，挽救全班战友的生命，他只得将自己的皮带贡献了出来。看着心爱的皮带被细细地切成一小段一小段的皮带丝，漂在稀溜溜的汤水里，周广才禁不住流下了眼泪。当皮带第一个眼儿前面那一截被吃完后，他实在忍不住了，哭着恳求战友说不吃了，要把它留着作个纪念。就这样，大家怀着对革命胜利的憧憬，忍饥挨饿，将这吃剩的半截皮带保留了下来。"

讲到这里，我看到妈妈的眼角已经泛着泪花。她缓了一缓，语重心长地说："孩子，你已经有好几条皮带了，不同材质，不同款式，虽不能说是应有尽有，但也足够丰富了。"

听完妈妈的故事，我羞愧地把目光移向窗外。

窗外，刚才还是淅淅沥沥的雨，不知何时，天边已经挂起了一道彩虹。

2016年，习近平总书记到第13集团军视察，当他听到当年红军战士宁肯忍饥挨饿也要将半截皮带留下来，带着它"去延安见毛主席"的故事时，不禁为之动容，说："这就是'铁心跟党走'的生动写照。"

是啊，红军长征是历史上一件震惊中外的伟大事件，是人类历史上的伟大壮举，为了取得胜利，许多战士牺牲在长征路上。

我的家乡——黄花革命老区，虽然过去贫穷落后，但在中国共产党的领导下，历经70多年发展，目前已成为红色革命教育基地，乡村旅游打卡地。今天的黄花变得越来越美，我们的生活幸福美好。

让我们再来吟唱那首关于皮带的"美味佳肴歌"：

牛皮腰带三尺长，草地荒原好干粮。

开水煮来别有味，野火烧熟分外香。

一半用来煮野菜，一半用来熬鲜汤。

有汤有菜花样多，留下一半战友尝。

参加红色之旅　感悟爱国情怀

清新区第二中学　八（19）班　成雅柔

2020 年 8 月 12 日　星期三　晴

寻找是什么？寻找是一种乐趣，无论过程还是结果，都让人感到无限乐趣。怀着激动的心情，我记下了这次寻找红色足迹的过程。

沿着崎岖的山路，我们来到了连山鹰扬关。它扼三省之咽喉，且地形险要，历来为兵家必争之地。

虽然有些晕头转向，但我还是满怀期待地跳下车，迫不及待地开始了这次寻找之旅。清风徐来，满山遍野都是充满生命力的树，郁郁葱葱，铁索桥是通往目的地的必由之路。

我们成功地来到了对岸，穿过鹰扬关的关门，是一个不算宽敞的平台，三门大炮安静地坐镇在城墙脚。还有两块大石头，其中一块刻着"一脚踏三省"，这就是粤、湘、桂三省交界之处。踏上大石头，我感受到"一夫当关，万夫莫开"的豪迈。

我们继续探寻，看到一块赤丹色的大浮雕，阳光洒在上面，光彩夺目！浮雕上刻的是红军与百姓亲切交流的情景，红军体恤民情，每到一处都热心帮助老百姓，受到热烈欢迎。

在路旁矗立着的一块石碑上，我们看到"红七军路过此关"碑文。1931 年 1 月 17 日夜，一部分红七军战士经广西进入鹰扬关时，与广东连山民团发生激战。向密林深处探寻，我们找到了当年红七军奋战的痕迹，一座座红色堡垒见证烽火岁月，这里曾是红七军与敌人作战时的战场，地面还写着"第一道防线""第二道防线"……从中可以看出，为了赢得战斗胜利，红军做了万全准备，不仅英勇顽强，而且充满作战智慧。我们继续前行来到红七军纪念馆，透过每一堵墙上对红七军艰苦卓绝战斗历程的文字介绍，我深深地感受到革命先辈们舍生忘死的革命精神，思想和心灵都受到了洗礼。

这一次红色寻迹之旅，让我更加敬佩红军，他们的光辉形象深深印刻在了我的脑海里。作为年轻学子，要永远铭记革命先辈们的艰苦和不易，不忘初心，牢记使命，把祖国建设得更加美丽、繁荣、富强！

传承红色基因　做时代新人

阳山县犁头中学　九（1）班　陈锶铧

2021 年 5 月 2 日　星期天　晴

今天，我与家人来到广州起义烈士陵园。

一缕清风徐徐吹来，耳畔的发丝迎风扬起。气势恢宏的红色大门在阳光的照射下闪耀着光芒，守护在两旁的建筑似乎有些年头了，让人不由想知道它的历史故事……

慢慢走上绿树成荫的小路，细细浏览一个又一个栩栩如生的烈士雕塑，感悟着墓碑上镌刻的历史沧桑……我缓缓来到烈士陵墓前。沿着台阶，一步一步往上走，我仿佛置身于一个只有光芒没有黑暗的地方。用指尖抚摸青石板上的几个大字"广州公社烈士之墓"，感受着那凹凸不平的触感，一股奇异的感觉涌上心头……

我抬头看向万里无云的天空，心里不禁感慨万分。无数革命烈士用坚定不移的信念、宁死不屈的勇气向我们展示了什么是真正的共产党人！我们应该传承红色基因，为祖国贡献自己的一份力量!

正因为传承了红色基因,祖国才日益强大。目前,我国已成为世界第二大经济体,预计在 2035 年基本实现社会主义现代化。当前,无论经济、政治、文化还是科技都在飞速发展。北京奥运会成功举办、"天宫一号"首次太空授课、两颗北斗三号全球组网卫星成功发射……这些耀眼的成就,无不向我们展示着祖国的日新月异。

作为青少年的我们,肩负无数革命烈士的深深期许,应该勇挑时代重任,传承优良传统,从自身做起,立大志、立长志,努力学习科学文化知识,随时准备为祖国发展、民族昌盛奉献一己之力;我们也可以从身边的小事做起,关注社区治理并为之建言献策,利用闲暇时间做志愿者服务社会;我要争取加入共产主义青年团,成为身边同学的榜样,积极帮助他们,共同进步。

只要我们有梦想,肯拼搏,总有一天我们会实现理想,祖国的未来会前途无量!未来的中国,再也没有贫困;未来的中国,将是一个科技高度发达的智能社会,人们的生活富足美满;未来的中国,也将不再有环境污染,绿水青山永在旁……

未来有无数种可能,只要我们传承红色基因,争做时代新人,那么中国的未来必定更美好!

聆听老兵故事　传承红色基因

连南瑶族自治县民族高级中学附中　初三（1）班　房楚鹏

2021 年 5 月 1 日　星期六　晴

　　缕缕春风拂面而来，今天我和妈妈去走访慰问退役老兵唐帮四五，为他送上慰问品，听他讲峥嵘岁月里的革命故事。

　　"小荷才露尖尖角，早有蜻蜓立上头。"在连南瑶族自治县牛头岭村一处幽静庭院内，精神矍铄的唐帮四五正惬意地欣赏门前池塘的荷花，柔和的阳光洒在他干净整洁的 65 式绿军装上。虽然已经 65 岁，但回想起那段烽火岁月，老人仍神采奕奕。

　　唐帮四五 1975 年应征入伍，1978 年加入中国共产党，1979 年参加对越自卫反击战。因在战斗中冒着枪林弹雨抢救战友伤员 10 多名，荣获二等军功。战争结束后，唐帮四五回到家乡，与老伴住着红砖房，日出而作、日落而息，每天在地里育苗、除草、施肥、浇水……在别人看来，他就是一个普普通通的农民。

　　我和妈妈坐在唐爷爷身边，聆听他追忆那段战火纷飞的浴血岁月，翻看他珍藏的荣誉证书、革命图片及军功章，感受革命军人深厚的爱国情怀。

"1979年，为了保卫祖国，我参加战斗，作为一名战士，面对强敌，冲锋在前，我所在的连有2名战友在战斗中牺牲了……"说到动情处，唐爷爷禁不住热泪盈眶。唐爷爷告诉我们，上战场前，他像许多战士一样都写好了给家属的遗书，有国才有家，保家卫国，是军人义不容辞的责任！

退役后，唐爷爷结婚生子，儿女们都很孝顺，吃得饱穿得暖，他很知足。唐爷爷叮嘱我，要永远跟党走，做一个有理想、有信念、乐于奉献的新时代青少年。

我要向唐爷爷学习，学习他乐于奉献、艰苦奋斗的革命精神；我要倍加珍惜现在的幸福生活，努力学习，成为更好的自己，报效国家！

永不褪色的红色精神

阳山县南阳中学　高一（5）班　冯汝南

2021 年 5 月 10 日　星期一　晴

今天，我在图书馆读到一个关于阳山革命的故事——界滩争夺战。界滩位于阳山县小北江沿岸，是连阳地区主要交通航道，自古以来就是兵家必争之地。战争年代界滩曾多次遭受敌人的"清剿"，但通过阳山当地武工队和民兵的努力，成功抵御并重创了敌人，缴获了大批物资，但也牺牲了一批同志。回顾党的发展历程，从中国共产党成立到新中国成立，无一不是靠着拼搏向上、敢打敢拼的精神，这也让我感悟良多。

到这里，我又想起另一个革命故事——坚守高陂 108 天战斗。1949 年 8 月，国民党集结地方武装上千人对阳山县高陂村发动疯狂"围剿"，虽然双方实力悬殊，但经过激战，胜利的天平最终倒向我方。在高陂反"清剿"保卫战中，民兵利用地形地物坚持战斗 108 天，以顽强的精神抗击了比自己多 10 倍的国民党军队，歼灭敌人 60 多人而自己仅伤亡 4 人。高陂民兵的英勇战斗，在粤桂湘边人民解放斗争史上留下了光辉一页，他们的英雄事迹为后人敬仰和传颂。

还有许多革命先烈为了革命，为了国家，为了人民的解放和幸福生活壮烈牺牲，英雄壮举惊天地泣鬼神。我们缅怀历史，就是要继承和发扬老一辈革命家艰苦奋斗的优良作风，始终保持奋发有为的进取精神。虽然我们现在身处和平年代，但纵观现阶段我国发展面临的问题与挑战，应该居安思危，发扬不怕吃苦精神，认真读书，强健体魄，不断创新，争做合格的社会主义接班人，勇担时代重任！

小巷将军志向大

连州市北山中学　七（1）班　黄腾巍

2020 年 8 月 23 日　星期日　晴

今天，爸妈说要带我去认识一位将军。为了纪念他，乡亲们以他的名字来命名一条小巷。我不禁问："是谁呀？"妈妈说："一会儿你就知道了。"这下，我更好奇了。

大约半个小时后，我们到了东陂镇。下车后，爸妈带着我走进了一条两旁都是住户的小巷，街巷里铺着古色古香的青石板。我看了一下门牌，小巷叫达飞巷，难道这位将军就叫达飞？拐过一个转角，只见左边的一座门楼上镶着金灿灿的大字"冯达飞将军纪念馆"，原来达飞巷是这么来的。

进入纪念馆大门，听到旁边的电子导游正在介绍："冯达飞原名冯文孝，生于 1899 年，连县东陂人。他还没出生父亲就已去世，家里度日艰难，但母亲依然坚持送他上学，他从小就立下远大志向，不断努力学习。他从家乡的小学考入县立中学，1919年考入广东省陆军测绘学校，1921 年转入西江讲武堂，次年毕业后任粤军中尉。1924 年，他被选送入黄埔军校第一期第四大队学习。1924 年底加入中国共产党。由于表现突出，他先后被派到苏联、德国学习飞行和炮科，是我国空军史上首批飞行员，第一个飞行教官……"

电子导游依旧在解说，妈妈叫我观看墙上的图片。我仰望着冯达飞将军穿着军装的照片，他那双炯炯有神的眼睛透出自信和刚毅的光芒，让人不由得心生敬意。

我们沿着木扶梯上了二楼。迎面的墙上展出的是冯达飞驾驶飞机在无任何导航与飞行路线图的情况下，把缴获敌人的飞机从漳州开回瑞金的奇迹。我忍不住惊叹："他是怎样做到的？"我想他应该是凭借高超的飞行技术创造了这个伟大的壮举。靠左的那面墙展出的是冯达飞在皖南事变中受伤被捕的史实，他坚决不被敌人的威逼利诱所惑，最后英勇牺牲。

参观结束走出纪念馆，爸爸突然问："你们知道了达飞巷的由来，那知不知道冯达飞的名字怎么来的？"我和妈妈面面相觑，答不出来。爸爸说："其实，他原名叫冯文孝，后来为了坚定自己的理想信念，才将名字改为达飞，寓意为'矢志革命事业，飞达共产主义'。"我似乎明白了冯达飞的飞行壮举不光是艺高胆大成就的，应该是他名字里蕴含的坚定共产主义信念支撑着他，才让他冒着机毁人亡的危险，毅然驾机飞越崇山峻岭飞达瑞金。难怪原解放军装甲兵政委莫文骅中将评价他"是我党的优秀党员"。

坐车回家时，我的脑海里还在想着冯达飞将军的英雄事迹。他虽出身普通，但志向远大；一生虽短暂，却光辉灿烂。他的不屈不挠精神，将激励我顽强拼搏，砥砺前行！

火焰里的"超人"

连南瑶族自治县田家炳民族中学　七（3）班　吴心雨

2021 年 2 月 23 日　星期二　晴

寒风调皮地拍打着窗户，外面飘起一片片洁白的雪花。我将冻得发紫的双手靠近火炉，汲取火焰的温暖。在我出神的时候，火苗"舔"到了手指，我疼得一下子把手缩了回来。爷爷看见了，心疼地说："小心点！"然后坐到身边，摸摸我的头说："乖孙女，爷爷想到一个'超人'的故事，给你讲讲。"

1952 年 10 月，中国人民志愿军邱少云被派参加潜伏部队，并担任发起冲击后扫除障碍的爆破任务。他们潜伏的地方是在敌人盘踞的三九一高地山坡上，四周根本没有隐藏身体的树木，但他们又必须在这个地方隐藏二十多个钟头，不能被敌人发现。

等天黑后，每个人身上插满野草摸到了潜伏地，他们离敌人很近，甚至敌人"哒哒哒"的脚步声和说话的声音都听得清清楚楚。战士们屏气敛神，一点动静都没发出。

时间好像停滞了一般，过得特别慢，好不容易就要天亮了，天亮了，志愿军战士就会按原来的部署里外协作发起总攻。但这个时候，敌人发射的一颗燃烧弹，突然落在了邱少云身边，并且烧着了他身上的野草。

火焰像个恶魔一样对他坏笑起来，蔓延的速度惊人，一下子就让邱少云全身燃烧起来。

听到这里，我着急地对爷爷说："他为什么不把火扑灭？！"爷爷看着我，不回答我的问题，继续往下讲。

邱少云趴在原地，一动也不动，一直保持着原来的姿势。战友们个个看向他，眼里充满着焦急，可他们也没敢动。有的无奈地闭上眼睛，有的热泪已经顺着脸颊滑下，有的咬牙切齿想冲过去。可他们深知，稍微有一点动静，不止这次潜伏任务会失败，也会导致战役的失败。

时间一分一秒地过去，熊熊大火包裹着邱少云，他还是纹丝不动，像一块石头一样。

火焰燃烧着肌肤，他咬着牙，双手深深地插入泥土，忍受着无法想象的疼痛。他猛地抬头，嘴巴颤抖着，压着那声声呻吟，用很微弱的声音对离他最近的战友李士虎说："胜利是我们的，但是我不能完成爆破任务了，这个任务交给你去完成吧！"邱少云手上还紧紧地握着装满子弹的冲锋枪。

烈火越烧越大，战友们闭上眼睛不敢再看他，只求上天下一场大雨。邱少云在生死关头还是没动一下，一下也没有！直到他牺牲后，火焰才慢慢灭掉……

爷爷什么时候离开我的身旁，我一点都不知道，我完全被这个故事中的英雄——邱少云感动了。

是怎样的信念能够让一个人忍受住这样的剧痛！是对胜利的渴望，是对和平的渴望！

看着眼前的炭火，我伸出手去，真暖和啊！在这红红的火焰中，我仿佛看见了邱少云在熊熊大火里坚如磐石般不朽身躯……

优秀共产党员的应有素养

——重读《中国共产党的九十年》后的感想

清远市第一中学　高一（1）班　潘至恺

2021 年 5 月 15 日　星期六　晴

《中国共产党的九十年》是我读到的第一套党史书籍，对我而言可谓影响深远，它引导当时十三四岁的我奠定了共产主义的理想信念，驱使我加入了中国共青团。今天再次重读，又有了新感想。

我认为要成为一名优秀共产党员，必须具备"四大素养"——政治热情、理想信念、政治洞察力和扎实的工作本领。

五四运动后，一批批"新青年"积极参加政治活动，有的后来还加入中国共产党，正是在政治热情驱动下，青年们才逐步走向政治舞台。可政治热情本质上来源于感性认识和情绪冲动，如果不将政治热情升华为坚定的理想信念，它将在利益的冲击下迅速解构。

坚定的理想建立在对人生意义透彻的理解上，从深处说，包含了对"我是谁、我从哪里来、我要到哪里去"哲学三问的思索，对世界本源和人的终极价值的追问。共产党员寻找理想信念的过程，就是回答上面一系列问题的过程，也是一个寻找自我的过程。只有自我意识觉醒，才能跳出自我去俯瞰自我，才能在革命年代直面死亡，笑对敌人的屠刀。当共产党员有了坚定的理想信念后，他们的精神力量将是强大而坚不可摧的。

作为一名优秀共产党员还需具备敏锐的政治洞察力。何谓政治洞察力？马克思对资本原始积累残酷性的认识，毛泽东对土地革命的重视，邓小平对市场与计划的思辨……都是敏锐政治洞察力的表现。共产党员只有具备观大局、辨风向、识别错误思潮的能力，才不至于迷失方向、摔跟头。

"空谈误国，实干兴邦。"优秀的共产党员一定要将个人的人生追求融入时代发展的伟大洪流中，在社会发展的同时实现自己的人生目标。这就需要具备某一方面甚至多方面的扎实工作本领。否则，不学无术，害己误国！

走进红色岁月　感悟革命精神

阳山县南阳中学　高一（5）班　刘诗柔

2021 年 5 月 12 日　星期三　阴

回望历史，无数革命英雄在枪林弹雨中奋战，生与死，存与亡，就在一刹那。今年是中国共产党成立 100 周年，百年风雨兼程，百年沧桑巨变。100 年来，在党的带领下，昔日贫穷落后的旧中国变成了日益繁荣富强的新中国，我们应感恩革命先辈，向他们表示崇高的敬意。今天，我特意来到阳山人民武装起义纪念馆参观。

阳山人民武装起义纪念馆位于小江镇下坪村，1948 年 7 月在这里，阳山人民打响了武装反抗国民党反动统治的第一枪。灰蒙蒙的天空下，纪念碑显得十分高大，就犹如革命英雄们的背影，他们走进历史的硝烟，留下了不朽的功勋。

走进纪念馆，墙上的照片引起了我的注意，这些都是当年参加武装起义的革命先辈，他们名字旁边标注着"已牺牲""已去世"字样。有的，甚至连照片都没来得及留下……我的心情感慨万分。

正是革命前辈不怕流血和牺牲，才换来如今和平稳定的幸福生活，他们为国家所做的一切，值得每个中国人用一生铭记！

往前走几步，就是对当年武装起义的介绍：1948 年 7 月中旬，武装起义的意图被国民党当局觉察，在形势十分危急情况下，下坪党支部连夜召开紧急会议，决定次日进行保卫家乡行动。在如此危急时刻，他们依然临危不惧，有组织地完成了武装起义。如今，每年农历六月初九，下坪村都会举行纪念活动缅怀先烈，除了当地村民，还有来自连州、佛冈各地的老游击战士，革命先辈们的后代，县镇机关干部和社会各界人士，他们来瞻仰阳山人民武装起义纪念碑，重温历史、畅谈未来。

右手边是连江支队司令员冯光的铜像。冯光 1939 年参加共产党领导的潖江青年抗日先锋队，同年秋加入中国共产党。他参军 9 年，身经百战，负伤十多次。他作战英勇，屡立战功，曾任中共粤桂湘边工委委员兼连江支队司令员等职，1949 年 1 月，在小江罗汉塘沙坪山伏击战中不幸中弹光荣牺牲。人们建立"冯光纪念中学"，引导青少年们学习冯光不畏艰辛、勇于奉献的精神。

阳山人民武装起义纪念馆从建成开始就作为阳山县党史宣传和爱国主义教育基地，在这次的学习红色革命历史中，我了解到了不少关于阳山的革命故事，先辈们用生命谱写了一篇篇动人的历史篇章，我们作为新时代的青少年，应以梦为马，不负韶华，用心书写自己美好的青春。

走进广州农讲所 传承红色血脉

连南瑶族自治县民族高级中学 高一（1）班 曾子瑜

2021 年 4 月 18 日 星期日 晴

今天，我和爸爸来到广州农民运动讲习所，一整个上午的参观，我亲身体会到中国革命一路走来的艰辛和不易，真实感受到中国共产党人的初心使命。

广州农民运动讲习所位于中山四路，在鳞次栉比的高楼中，显得格外引人注目。这座曾在清代用于培养秀才的番禺学宫，在 20 世纪 20 年代成为中国农民运动的摇篮：1926 年 5 月，第六届农讲所在此举办，由毛泽东同志任所长。这些农讲所学员后来成长为农民运动骨干，为革命斗争储备了强大的力量。

走进大门，踏过石拱桥，院子里草木葱郁。在农讲所纪念馆内，当年的所长办公室、教务部、庶务部、军事训练部、课堂、学生宿舍等均按原貌还原，"农讲所旧址复原陈列"展览综合运用实物、图片、文字、动漫视频等方式，形象生动地向人们展示着农讲所的光辉历程。

看着一幅幅历史照片，仔细阅读一段段文字，对革命前辈的崇敬之情油然而生！农讲所的历史点滴无不在劝勉当代青少年，要继承革命精神，坚定理想信念，敢于承担时代使命，勇做时代弄潮儿，为实现中华民族伟大复兴的中国梦贡献青春力量。作为一名共青团团员，当下最重要的就是勤奋学习，刻苦钻研，为青春远航储备动力、为青春搏击加注能量。

一棵树的红色日记

连南瑶族自治县民族高级中学　高一（2）班　房梓谋

2021 年 4 月 8 日　星期四　晴

　　我是一棵从民国时期就站在这儿的桂花树，从没写过日记，但我想尝试一下。写什么好呢？那就记录一下待在我树底下那些人讲过的话，那些我听到的东西吧。

　　我刚出生那会儿，乱得很，天天轰轰乱响。只能隐约记得，有个晚上，许多大学生来到我底下，商量游行运动："我不管，他可不能这样干，山东是我们的！"后来这件事就被称为"五四运动"。然后是 1949 年，那是我生长的土地——中华人民共和国成立的日子。我不在现场，但在广播里听到了那一声震撼天地的"中华人民共和国成立了"！现在想想，那声音可真好听。也是那天，我听到了村里噼里啪啦响起鞭炮声，还看到了第二天五星红旗迎着朝阳冉冉升起。

　　呀，这就写完一面了，翻一页写。

　　嗯……这里大概是我成年时吧，经历了土地改革，三大改造，

119

第一个五年计划……那天，我感觉有一股力量向我涌来，我很害怕，不知道发生了什么。傍晚时，刘二娘说，是我国第一颗原子弹成功爆炸了！然后，就是我们新中国的转折点——党的十一届三中全会召开。我也不知道转折点是什么意思，只知道，好像打那以后，村里的生活似乎越来越好了。

再翻一页写，都是些美好的时光。

香港、澳门顺利回归，北京奥运会成功举办……那几晚，我不仅听到了广播声，还有电视声，还有人们的欢呼声。"你知道吗？回归了！""这事谁不知道，走，喝两杯。""奥运会你看了吗？我昨晚可是看得作业都没写。""当然看了，谁不看呢。不过你竟然没写作业，我要告诉老师。"……那真是让人舒心的声音啊，那真是让人开心的年代啊。即使后来经历了疫情，他们也无所畏惧，那些被称作党员、医生、志愿者的人，义无反顾，冲锋在前，连我都感到安全。还有农村贫困人口全面脱贫，大力实施乡村振兴战略……现在，有位小姑娘在我树底下读："什么样中国人民没见过？什么样中国人民没经历过？但，中国扛了下来！"

是啊，中国扛了下来，真厉害！

我想，我这本日记，下面怎么写，大家心中都有数了吧。

红军精神永放光芒

连南瑶族自治县田家炳民族中学　七（1）班　沈方怡

2021 年 4 月 24 日　星期六　阴

　　母亲今早带回一本《红星照耀中国》给我，我坐到书桌前翻开了一页，安静地看起来，那是我与书中人物的第一次相遇——合上书本，心绪久久不能平息。

　　此刻，我回想起几天前抱怨母亲选择的旅游景点枯燥无味的事情，羞愧涌上心头。浙江省四明山曾是全国十九个革命根据地之一，也是中国南方七大游击区之一。在抗日战争时期和解放战争时期，为中国的革命事业做出了不可磨灭的贡献。在四明山，我重温了那段屈辱而又让人热血澎湃的历史，屈辱在于日本法西斯的铁蹄蹂躏了美丽富饶的国土，热血澎湃则在于那些在浓烟滚滚的战场上，浴血奋战的中国铮铮好男儿，他们用生命谱写了一曲曲可歌可泣的英雄赞歌。如今，这些革命先烈长眠在峰峦叠嶂、树茂花繁的四明山。此刻，我终于明白妈妈选择此处参观的良苦用心！生活在 21 世纪的我们，要继续传承和发扬红军精神，让鲜艳的五星红旗在祖国的蓝天上更加骄傲地飘扬。

窗外风起，我看见鸟儿栖息于枝头，梧桐叶疯长，换作之前，我也许会为看到此景而感到愉悦，但此刻的我，被困难拦住了去路——数学卷上的压轴题，冥思苦想却无济于事，我不禁烦躁起来，抬手打翻了桌上的作业本。这时《红星照耀中国》赫然呈现在眼前，我的情绪像是被安抚般平静了下来，思绪再次带我回到之前的那次阅读以及那趟四明山之旅……那些为了中国的民族解放事业而牺牲的革命先烈，在敌人的压迫下，面对无数困难，依旧无所畏惧，敢于拼搏，而我生活在岁月静好的年代，却被一道数学题打败，羞愧再次涌上心头……之后，每道数学题的解析上都有他们的影子，我开始迎难而上！

红军精神永放光芒！将激励着我永远向前进！

参观革命教育基地　传承红色革命精神

清城区东城街第一初级中学　七（8）班　潘铷

2021 年 5 月 15 日　星期六　晴

今年是中国共产党成立一百周年，每念及此，我都感慨祖国在这一百多年间的沧桑巨变。回想党的光辉历史，放眼生我养我的家乡，我时常在想，在那个抛头颅、洒热血的奋勇年代，我的家乡又经历着什么呢？是否也有出现许多红色英雄人物呢？

今天，在学校的组织下，我有幸作为学生代表来到位于清城区东城街的石板村红色革命教育基地参观。在这里，我了解到家乡清远在大革命时期也曾涌现出许多优秀的红色英烈，他们身上的精神品质值得我们青年一代学习和颂扬。

在石板村思源园爱国主义教育基地里，我认识到了一位清远本地的革命英雄——刘清，一个不顾自身安危、为国贡献、从小自立自强的革命英雄。1924 年冬，石板乡建立起清远县第一个农民协会，指引农民走向解放翻身的革命道路后，刘清积极参加农会活动。1925 年，他从广州农民讲习所学习回来后，以实际行动支持和维护农民利益，有力地打击了地方封建顽固派气焰，深得广大农民的拥护和爱戴，成为清远县农民运动的重要干将。在全国革命形势紧张的关键时刻，刘清同志接受革命真理，投身革命。他肩负重任，不畏艰险，领导各乡农会骨干积极转入地下斗争，抗击地方反动分子的报复和镇压，保护农会会员及农民的安全，同时伺机联络地方革命力量，潜伏活动，坚守待时。遗憾的是，广州起义失败后，年轻的刘清同志遭到地方反动势力的杀害，牺牲时年仅 28 岁。

28 岁，何等青葱的年纪啊！我的哥哥也是一个 20 出头的年轻小伙，同样的年岁，只因生在不同的时代，命运却截然不同。正是刘清同志这样的革命英雄，用他们宝贵的生命英勇抵抗，换来了我们今天的美好生活。

今天，不论是这些红色的革命英雄人物，还是他们身上的红色革命精神，都是我们走向幸福道路的导航灯。我们要传承和弘扬中国红色文化，让中国红色文化成为广大青少年的精神指引，成为红色基因代代相传。

让红色精神永存

英德中学　高一（19）班　潘文巧

2021 年 2 月 15 日　星期一　晴

红色精神·触碰

　　在我的认识中，红色精神仿佛只是书本中形容的一个概念，实在没有特别的感受。

　　今天，我去参观了广州起义纪念馆，革命年代的文物一一刻入脑际：展台上陈列着作为广州起义者标志的红领带，挂着当年起义战士所使用的标语照片，简介里书写着起义的概况、人物事迹……一件件褪色的物件，一张张起义领导、战士的图片，一篇篇生动的文字介绍，让我真真切切地感受到先烈们那热血沸腾，义无反顾，勇往直前，只为国家、人民与共产主义信仰而战斗的澎湃激情，悟出了他们艰苦奋斗，不惧艰险，为国家兴亡而不懈抗争的精神。在这里，我忽然明白"红色精神"不只是我们常说的一个词，在这里，我第一次真正触碰到了"红色精神"。

2021 年 4 月 3 日　星期六　阴

红色精神·铭记

今天是清明假期的第一天，从部队退伍返校继续进修学业的堂哥也趁着这个假期回到了老家。说到堂哥，那可是全家人的骄傲。先是以高分考上了省内的重点大学，后又以大学生身份应征入伍，去年才退伍回来。堂哥一回来便来找我，同辈的兄弟姐妹中就我和他聊得来。他抄起镰刀，扛起锄头，拉着我向山里走去。

约莫一刻钟，我们便来到了一处杂草丛生的小山坳，并且隐约能看到六七个土堆。"在这些土堆里长眠的都是红军战士，他们走到我们这里时就再也走不动了。"堂哥说道。我心头一震，没想到这小山坳里竟有英烈长眠。在清理半人高的杂草时我了解到，因为老家人不多，加之位置偏僻，已经没什么人知道这个地方了。往年会有一位老伯来整理，但他现在年事高来不了了。堂哥说了句话我记得很清楚："他们都是为了国家而牺牲，他们的姓名已经无人知晓，但他们的精神要被铭记。"

清理完墓地的杂草已经是下午了，我和堂哥约定，以后每年的今天都要来这里为这些无名的英烈清理墓地，让后人永远记得这里有为革命而光荣献身的英雄。

2021 年 4 月 5 日　星期一　晴

红色精神·延续

今天是清明假期的最后一天，学校团委组织了一次"延续红色精神"主题团课活动，主要内容是观看团组织下发的一段视频，看完之后我再一次被红色精神感动。从长征时期的"井冈山精神""延安精神""西柏坡精神"等到社会主义建设时期的"'两弹一星'精神""铁人精神""北大荒精神"等，红色精神代代相传。看完视频，我热血沸腾，作为新时代的青年学生，我有义务延续红色精神。希望将来可以参军入伍，锤炼自己，磨炼意志，报效国家。

阅读红色名著　珍惜美好生活

清新区第五中学　七（9）班　曾琦琳

2021 年 4 月 4 日　星期日　小雨

今天早上起床，吃完早餐后，我又开启了每周日阅读名著两小时的计划。今天，我读的名著是《红岩》。读了这部小说，我的心情久久不能平静。《红岩》写的是在解放前夕的山城重庆，一批中国共产党领导的地下工作者与国民党反动派进行斗争的事迹。小说描写了先烈们感人的故事，塑造了革命前辈们坚贞不屈的英雄形象。他们像一颗颗闪闪的红星，发出耀眼的光芒！

在《红岩》这本书中，最令我感动的人物是江姐。她从被捕后，就一直在监狱里和敌人展开残酷的斗争，敌人用各种各样的酷刑来审讯她。当我读到"残暴的敌人用榔头将竹签一下一下钉进她十根手指，她的血顺着竹签一滴一滴地滴落下"的时候，我的心为之颤抖，我仿佛能感受到那种钻心的疼痛。但江姐居然那么冷静！那么坚强！她大义凛然地说："竹签是竹子做的，共产党员的意志是钢铁炼成的！"此刻，我的眼泪不禁涌了出来。

《红岩》中还有一个人物让我感动，他就是那个十分可怜的"小萝卜头"。他在监狱里长大，由于营养不良，长得头大身子小，大家都叫他"小萝卜头"。"小萝卜头"很爱学习，非常渴望自由。他常想：我是属于外面世界的，外面才是我想要的一切。但是他最终没有如愿，他和他的父母被国民党秘密地处死了。小小年纪就没有自由，没有书读，还惨死在国民党反动派的屠刀下，多么令人痛惜啊！

想想我们今天的生活，每天吃得好，穿得暖，坐在宽敞明亮的教室里，享受着良好的教育，这一切都是革命先烈用生命和鲜血换来的。现在虽然每顿饭都能吃上美味佳肴，但我们有时还会挑三拣四！我们都爱穿新衣服，有些旧了就不要了！这些行为可取吗？

看看我们当下的一些年轻人，老师对他们的关心，父母对他们的呵护，他们也不知道感恩，更不懂得珍惜美好的学习环境。看了《红岩》，我真的替他们感到羞愧。

我们要珍惜现在的幸福生活，好好学习，掌握更多本领，去回报先烈为我们创造的美好生活。

持之以恒

——读《邓小平的故事》有感

连山壮族瑶族自治县永丰中心学校　七（1）班　覃楚秦

2021 年 5 月 1 日　星期六　晴

不管遇到多大困难都要坚持不懈、勇往直前。

坚持，是一种信念，是认定目标不懈奋斗；坚持，是打开成功之门的钥匙，它让我们实现自己的理想，走向成功之路！

最近，细读了《邓小平的故事》这本书，书里最让我深有感触的是这个章节——《做工》。《做工》这篇文章讲述了第一次世界大战结束后，资本主义世界爆发了新的危机——资本主义国家人口大批失业。邓小平当时在法国勤工俭学时，被分配在轧钢车间做杂工，因工钱少、填不饱肚子，他辞职了，他第一次失了业。然后又找了一份工作，没干多久又被开除……一次又一次地失业，他没有放弃。面对资本家的一次次冷嘲热讽，面对简陋的工作环境，他坚持不懈，对未来充满执着的追求。

这使我不由得想起了爱迪生花了整整十年的时间去研制蓄电池，其间不断遭受失败，一直坚持不懈，持之以恒，经过了 5 万次左右的试验，最终取得成功。试想，如果他在试验第 4 万次的时候就停下来，还有今天的成就吗？

邓稼先在环境极其恶劣的戈壁滩里坚持做核武器试验，气温往往在零下三十多摄氏度，人们都劝他回去，可他仅说了一句"我不能走"，便头也不回地继续工作，他从未想过退缩、更没想过放弃，他坚持不懈的精神，影响着一代又一代人，让中国人证明中国绝不比别国差，没有外国的帮助，中国依然可以造出原子弹！

梁启超说："少年强，则国强。"我们要有持之以恒，方得始终的精神。坚持就是胜利，在遇到困难的时候，我们的字典里没有"放弃"二字。我们是新时代的青少年，祖国的重任在召唤我们，那壮丽的中国梦在呼唤我们！

坚定前行　艰苦奋斗
——读《红星照耀中国》有感

连山壮族瑶族自治县永丰中心学校　八（1）班　李育桃

2021 年 5 月 1 日　星期六　晴

星星之火，可以燎原。

假期，我与家人到遵义旅游，望着眼前的景色，我不禁想起曾读过的一本书——《红星照耀中国》。

《红星照耀中国》主要叙述了美国作家斯诺怀着对中国革命和战争的好奇到中国寻找真相的故事，他用旁观者冷静客观的笔触，为我们描绘了一个乐观、自由、平等、公正、和谐的红色之邦。

众所周知，中国共产党自一九二一年成立以来，距今刚好建党一百周年，然而在这一百年当中，中国共产党遭遇了许多波折。如博古、李德在军事上"左"的错误，导致第五次反围剿失败，红军被迫开始长征。

在长征过程中，中国共产党领导的红军经过四渡赤水、巧渡金沙江、飞夺泸定桥、翻雪山、过草地，最后才胜利到达陕北。他们把全国人民和中华民族的根本利益看得高于一切，为了救国救民，不怕任何艰难险阻，同人民群众生死相依，患难与共，艰苦奋斗……

红军万里长征，保存了党和红军的骨干力量，播下了革命的种子，铸就了长征精神，打开了中国革命的新局面。无数的先烈抛头颅，洒热血，换来如今的国泰民安、岁月静好，我们要学习前辈们传承下来的伟大精神。

今天的幸福来自昨天的奋斗，让我们用自己的星星之火，燃起心中梦想的熊熊之火。

红色日记
——记参观长征纪念馆见闻

清新区第二中学　七（31）班　黄洁萍

2021 年 5 月 1 日　星期六　晴

"红军不怕远征难，万水千山只等闲。五岭逶迤腾细浪，乌蒙磅礴走泥丸……"《七律·长征》，一首妇孺皆知的诗，长征，一段悲壮的征途，令多少中国人感动铭记而又热血沸腾！

今天，我参观了长征纪念馆。

迈进纪念馆大门，映入眼帘的是一个大展厅。展厅中央排列着三排展柜，柜中陈列着红军用过的武器、生活用品等展品。展厅的四壁则挂着数个大展板，上面记述了长征的意义、时长、路程、途中发生的感人事迹等。

首先吸引我的是墙上的一份名单，那是在长征途中牺牲的部分烈士的名字和他们的遗照。我小声而缓慢地念着"邓萍、余天云、李伯选……"那一张张可爱又伟大的面庞，那曾经鲜活的生命，竟然还有不少是和我一般大的少年。念着念着，我就哽咽了。

想到他们年纪轻轻便肩负起保家卫国的重担，拿起武器英勇杀敌，我的视线模糊了。

名单的右边记叙着长征途中的一些感人事迹：舍己为人的老班长在过草地时把鱼汤留给战友，自己却因为饥饿去世；谢益先把"生的希望"——自己仅有的粮食送给母子三人；张思德替战友尝毒草……多少同志，为长征的胜利和人民的幸福，抛头颅、洒热血，谱写了一首又一首动人的诗篇！

看完了事迹，我转过身来，仔仔细细地端详着展柜里红军们长征使用过的物品：从二四式重机枪、中国大刀和红缨枪到穿破了的草鞋、蓑衣，再到褪了色的军服、破损的脸盆等。透过薄薄的玻璃，它们仿佛在向我诉说着一个个悲壮感人的故事。我闭上眼，穿越时光，回到几十年前的战场：英勇的红军们举起手中的武器，和凶残的敌人殊死搏斗，用自己的鲜血为祖国、百姓铺出一条幸福之路，万死不辞！

几粒星子坠入深海，随之跃出一轮骄阳，一晃八十七载倏忽而逝。在中国共产党的领导下，中国的黑暗时代终于过去，蜕变成东方一颗光芒四射、永恒不灭的星。

中国崛起了，人民幸福了，但我们"把祖国建设为富强、民主、文明的社会主义现代化国家"的伟大事业远未结束，这难道不是新的长征吗？可见，了解长征历史，继承发扬长征精神是十分重要的！

参观完展厅，我来到室外的革命纪念碑前。"革命烈士永垂不朽"八个镶着金边的红色大字在阳光下熠熠生辉。

我举起右手，郑重宣誓："一定继承并发扬长征精神，好好学习，长大为祖国、社会做贡献！"

聆听革命故事　传承红色精神

阳山县南阳中学　高一（5）班　陈洁灵

2021 年 5 月 12 日　星期三　雨

　　最近一段时间，我从爷爷奶奶那儿听到一个关于阳山的革命故事：在新中国成立前夕，党组织领导武装队伍在阳山县小江下坪村举行了武装起义。武装起义的意图很快被察觉，国民党反动当局拘捕了下坪村村支部书记。但党组织领导的武装队伍并没有受到影响，他们对队伍稍做整理就向大东山出发，最终获得了这次战斗的胜利。起义部队的首战告捷，大振军威，为阳山壮大了革命武装队伍，为阳山解放事业做出重要贡献。

　　听完这个故事，我才知道原来阳山也有这么精彩的红色革命故事，于是我去图书馆借了一本关于阳山革命的书——《阳山县革命老区发展史》。都说军人是最可爱的人，那是因为他们能够将祖国、人民牢记在心，能够用铮铮铁骨铸就不朽英魂。守护城土最不可避免的就是打仗，1948 年阳山游击队攻打黎埠镇界滩敌护航队，山上芒草丛生，满山荆棘，游击队队员隐蔽在草丛中，纹丝不动，与敌人进行对抗。在枪支弹药不足的情况下，巧妙利用地形与敌人周旋，把敌人拖垮。由于打仗的地方有很多群众，游击队把群众转移到安全的地方，确保了群众的安全。土炮杀伤面广，敌人受伤很严重，敌人垂死挣扎，在山中点燃芒草。一时间，烈火冲天，浓烟滚滚，山上的游击队仍然坚守着，他们不怕牺牲，只为守护家乡。

英雄们，在战争年代舍生忘死；在和平年代为保卫祖国默默奉献。他们的精神，值得我们去学习并传承。让中华民族的红色精神薪火不熄！

发扬红色精神

阳山县韩愈中学　八（1）班　梁雨菲

2021 年 4 月 3 日　星期六　阴

今天，我怀着激动的心情，和爸爸妈妈参观了绽放着永恒魅力的红色革命老区阳山县小江镇下坪村的革命纪念馆。

纪念馆坐落在下坪村村委会旁边。这个革命老区经历了历史的沧桑，更见证了时代的变迁。一路走去，从前窄小的泥沙路变成了现在平坦的水泥路。走进村委会小院，"阳山人民武装起义纪念碑"11 个大字映入我的眼帘，纪念碑上刻着阳山人民武装起义的原因和经过。从这些事迹中，我仿佛看到了烈士们不顾个人安危，视死如归打退敌人的画面。

进入纪念馆，从墙上展示的"光辉历程"中，我知道了 1948 年 7 月 15 日在中国共产党领导下，"阳山人民抗征抗暴义勇队"于下坪村举行武装起义，从此点燃了阳山人民武装斗争的烽火，拉开了阳山人民解放的序幕。

在纪念馆的展示中，有一位英雄给我留下了深刻的印象，他就是革命烈士——冯光。少年的冯光经历了艰苦环境的磨炼，从小就养成倔强的性格，立志要改变这不公平的世道。1939年参加湛江青年抗日先锋队，同年秋加入中国共产党。后调入抗日游击队广游二支队，历任战士、警卫员、队长等职，战功显赫。1944年7月25日，冯光在番禺植地庄为掩护主力突围，他心怀"责任如山，使命在肩"的信念，率领7名战友英勇作战，抗击日军500人的围攻，击毙日军大佐以下70余人，最后把7名战友安全带回到部队。1948年4月，冯光被任命为连江支队司令员。

1949年1月22日，小江罗汉塘游击区遭袭，得知这个消息后，冯光司令员率领游击队及民兵在罗汉塘村沙坪山伏击敌人。凌晨，战斗打响，从拂晓开始到下午三点多，游击队打退敌人，取得了胜利。不幸的是冯光司令员在交战中中弹牺牲，年仅28岁。

回家的路上，我的心情久久不能平复。回顾历史的长河，我们这个拥有五千年历史的文明古国曾几度兴衰，正因为中国共产党人心怀"责任如山，使命在肩"的信念保卫着国家，我们才可以无忧无虑坐在宽敞明亮的教室里学习，过着没有枪林弹雨的幸福生活。我们应该发扬中国共产党人"责任如山，使命在肩"的精神，在今后的学习生活中，努力去拼搏，掌握更多的本领，使自己成为新时代有用的接班人！

红色日记

清新区太平镇初级中学　九（16）班　徐可

2020 年 8 月 7 日　星期五　晴

早上 9 点，爸爸把行李搬上车尾箱，我们一家 4 口出发前往共和国的摇篮——瑞金。

这个暑假，爸爸"可怜"我在八年级地理、生物的小中考中"浴血奋战"，特意奖励我，要带领一家人来一场说走就走的旅行。他只有 3 天假期，自驾游较适合，于是选择了距离家乡清远只有 300 多公里的江西瑞金。

车上，妈妈充当历史教师给我们科普："瑞金是红色故都、共和国摇篮、中华苏维埃共和国临时中央政府诞生地、中央红军二万五千里长征出发地之一，是中国红色旅游城市。"

其实我在历史课堂对瑞金也有所了解，但我深知拒绝妈妈教育的后果，于是就一边吃零食一边享受"唠叨"。

"瑞金作为赤色首都，也是毛泽东思想的主要发源地……"

下午 3 点，我们顺利到达了瑞金。

我建议首先游览红井，因为小学课本里有一篇有关的课文——《吃水不忘挖井人》。1931年，毛泽东主席住在沙洲坝的村子里，看见乡亲们在塘里挑水，便问："这水挑去做什么用？"乡亲们回答说："吃呀，沙洲坝人吃不得井水，这是天命！"毛主席哈哈大笑说："不要信天命，要信革命！还是打口井吧！"从此，沙洲坝的乡亲喝上了井水，结束了祖祖辈辈挑塘水喝的历史。因为井是红军来了以后毛主席亲手挖的，所以乡亲们给这井起了个名字叫"红井"。

今天的红井已经成为热门的景区。红井的周围种满了油菜花，远远可以看见井边有一个高大的石碑。走近一看，上面刻着"喝水不忘挖井人，时刻想念毛主席"。

下午的游客不算多，红井的水很清澈，井台边还有木桶供游人打水，大胆的爸爸提议："我们可以把井水打上来，尝一尝，这才叫'饮水思源'啊！"真想不到粗线条的爸爸那么"文采飞扬"，于是我们用杯子装满红井水，一饮而尽。井水甘甜，带领我的思绪不断追溯：红军战士的二万五千里长征从这里出发，反围剿、攀雪山、过草地，极度艰苦的环境让不少战士倒在途中。

我们今天可以潇洒地开着车穿越祖国大地，这样幸福的生活难道不是先烈们用生命争取来的吗？

眼泪瞬间涌入眼眶，泪眼婆娑中，我仿佛穿越时空，与"飞夺泸定桥"坚毅的红军战士对视，先烈告诉我，祖国在召唤，我们要时刻做好准备！

爸爸悄悄来到了我身边，轻轻握住我的手，我突然明白了爸爸带我游览红都的目的。

请父母大人放心，未来的一年我一定全力以赴备战中考，把最好的成绩奉献给祖国。

红色老区，红色秦皇

清新区太平镇初级中学　九（10）班　徐婉雯

2021 年 3 月 23 日　星期二　晴

汽车在蜿蜒的村级道路上爬行，回家的心绪也随之变得绵长。

家——秦皇山心村，隐于清新区太平镇西北部连绵群山深处，于我而言，是任何的言语和冗长的故事都难以表达的思念，是梦萦魂牵……

家的名字，虽没有"惜秦皇汉武"的豪气，却总给我一种安逸的感觉。耳畔是爷爷关于解放战争年代那段血雨腥风的革命历史的回忆：解放战争年代，党组织及其领导下的武装革命力量进驻秦皇山，轰轰烈烈的"除害拔钉"行动及秦皇山革命根据地的建立，多次粉碎反革命武装"围剿"。中国人民解放军粤桂湘边纵队指战员不怕流血牺牲，为解放粤西北立下了不朽功勋。

徐步走进"红色"的纪念馆，驳壳枪、煤油灯、手榴弹、土炮、机关枪……每一件井然有序陈列的历史文物，都在叙说着那段艰苦的岁月：就是配备如此简陋的武器装备，秦皇的老百姓与老一辈革命家一起，凭着坚定的革命信仰和血肉之躯取得革命的胜利，开创了新的纪元。

山心村村委会后面的小山头，秦皇山革命纪念碑巍然矗立、庄严肃穆，与静静流淌的清澈溪流相伴。松柏苍翠，英魂常驻，那是秦皇人对家国誓死守护的见证。

沐浴着清晨的阳光，随手从口袋拿出自晒红薯干填饱了肚子，迎来了大山人家的一天，轻轻地把脚探入清澈的溪流，任由小山鱼儿、山蟹触摸……

快到中午的时候，携上满筐的山鱼儿和山蟹，累并快乐地踏在熟悉的山道，虽说野花已随季节如流星般陨落，然而，乡亲自种在家门前的小花却填补了空白。

夕阳下，泛上一叶小舟，撑一支长篙，翩然乘舟于大秦水库的碧波上，看见被长篙泛起的涟漪，随划过之处漾开、漾开……临风而立，有的是"对酒当歌""宠辱偕忘，喜洋洋者矣"的情感。

大山依然如此的静穆，仰望着家乡的苍穹，我相信：红色的老区，红色的秦皇，红色的家乡，必然会创造出更火红的生活。

扬红色之帆　达光辉之岸

阳山县韩愈中学　八（9）班　严诗琦

2021 年 4 月 26 日　星期一　小雨

今天早上，班主任轻轻拿起粉笔，潇洒地转身，手臂微微舞动，在黑板上写下了十六个苍劲有力的字：

靡不有初，鲜克有终，不忘初心，方得始终。

我的思绪被拉回到几十年前的场景中。

他们唱起长征的歌，踏上了二万五千里的征程，拂去烟与火的纷争，带领人们走向光明。他们是黑暗中熊熊燃烧的火炬，是燎原千里的星星之火，是生生不息的革命之火。他们身上所传达出的革命集体主义、乐观主义精神就是真正的红色文化。

红色之火燃中国

在那个人民痛苦低吟、哀鸿遍野的时代，人们几近绝望，就像是陷入了无尽的黑夜。掠夺厮杀、贪婪腐败都在趁着夜色悄悄地蔓延滋长。正在这国不成国、家家悲鸣之时，那颗冉冉升起的红星终于照亮了半边天，终结了这无尽的夜。从这时起，中国就踏上了一条正确的道路，扬起了红色之帆。白匪的封锁，倭寇的侵略，多少次的挫折磨难要将他们打倒，但他们还是坚持了下来。他们不屈的意志，证明了中国尚有无限蓬勃生机、终会获得胜利。因为中国革命有人民、有红军的不懈努力，中华人民共和国才能成立，红色之火点燃了整个中国。

革命老区换新貌

红色文化究竟是什么？是正义，是为了信仰和理想敢于奋斗、不怕牺牲的文化。他们在中国的灿烂文化中，使各地的革命老区容光焕发。

当我们沐浴在阳光下，转头回望时，便会发现他们是怎样从茫茫黑夜走向黎明，这百年的峥嵘岁月他们又是如何艰辛探索，带领着世界四分之一的人口重返东方之巅的。曾经的革命老区一改旧貌，座座高楼拔地而起，曾经落后的贫苦之地正在飞速发展，人民生活幸福美满。时过境迁，时代在发展、进步，这数十年的酝酿和沉淀，使得革命老区的红色文化更加繁荣深厚。

不忘初心熠盛世

红旗猎猎，太平盛世。身为中华儿女的我们，都要怀揣着一颗赤子之心，无论身处何地、身居何位。

硝烟散去，天光大盛。但复兴之路是泥泞的、漫长的，只因有少年、有赤子，革命之火便会万古流芳。中国青年将带着心中一腔热血和精力投入到国家建设中，让红色文化薪火相传、永继不绝，让东方之光成为世界之光！

我们愿继续扬起红色之帆，乘长风，破万浪，抵达光辉的对岸！

深夜，我轻轻地执起手中的笔，目光专注，在日记最后，为爱国者写下心中的赞歌：

夜幕红星耀，长征漫漫行，

晨光得盛世，代代永流传！

英雄照我前行

连南瑶族自治县田家炳民族中学　八（6）班　房冰

2021 年 4 月 2 日　星期五　雨

早上，太阳被云层藏了起来，天空一改以往的蔚蓝，灰色的云衬着无声的雨，显得有些清冷。霏霏的细雨挡不住我们缅怀革命先辈那颗崇敬的心，我们这些新团员在老师的带领下来到连南潘允荣纪念亭。纪念亭两旁的青翠松柏傲然挺立，仿佛整齐地排着队，显得格外庄严。

天阴沉沉的，雨依旧下着，站在潘允荣纪念亭前，我们心潮澎湃，思绪万千。仰望潘允荣奶奶的铜像，她正慈祥地微笑着，我们集队站在允荣奶奶墓前默哀一分钟，为允荣奶奶献上金灿灿的菊花，并把纪念亭的里里外外都打扫得干干净净。

允荣奶奶为革命胜利做出了重大贡献，我从她的身上看到了勇敢无畏、勇往直前的精神。我们现在身处和平年代，和平的生活来之不易，那是一个个革命先烈用生命换来的。正因为有他们这些英雄的无私奉献，才会有祖国如今的繁荣昌盛，我们才能坐在宽敞明亮的教室里安心学习。作为学生的我更应该珍惜这幸福时光，努力学习，发愤图强，不忘初心，牢记使命。

雨纷纷，欲断魂。"安息吧，先辈们！"史册会记下你们响亮的名字，祖国会记住你们的丰功伟绩，你们的壮志豪情也永远刻在我们心中。我的耳边似乎又响起了那扣人心弦的旋律："起来，不愿做奴隶的人们，把我们的血肉筑成我们新的长城……"

雨中，墓前两排松柏更显青翠、挺拔。

红

佛冈县第一中学 高一（15）班 李淑慧

2021 年 5 月 4 日 星期二 晴

今天是五四青年节。每周我们青年团员都要上"青年大学习"网上主题团课。

每每打开网页学习，映入眼帘的便是一大片红色。透过大片大片的鲜红，我仿佛看见一群身穿青灰色军装的战士在吃树皮，啃草根，前赴后继，血战湘江，血溅泸定桥，艰难不懈地在雪山上行军……一条条年轻、鲜活的生命就此消逝，只有那抹鲜红证明他们曾经来过。

1949 年 10 月 1 日，毛泽东主席在天安门上庄严宣布："中华人民共和国今天成立了！"那被烈士鲜血所染红的五星红旗冉冉升起，在阳光的照射下，映红了每一个在场的、不在场的中国人的心。那抹红，向全世界宣告——中华民族从此站起来了！

1949 年开国大典阅兵，"飞机不够，那就飞两遍"！现如今，飞机再不用飞两遍。周总理，这盛世如您所愿！

2021年，中华人民共和国成立已七十二载。太阳照常升起，祖国欣欣向荣，我们要做到的，便是不忘先烈，不忘耻辱，继承红军精神并发扬光大。

在小学，学生被要求佩戴红领巾、少先队队徽；在中学，学生积极主动申请成为中国共青团的一员，成为中国共产党的后备军；在大学，学生争取成为一名中共党员，努力为人民服务，为中国特色社会主义建设添砖加瓦。

在每一个中国学生的成长过程中，那一抹红始终伴随左右，如影随形。这抹红，似一颗种子种在孩子柔软的心田，在中国共产党的培养下终将长成参天大树，如钢似铁，为人民遮风挡雨。

为什么我的眼里常含泪水？因为我对这土地爱得深沉！没有什么比"我是一个中国人"更令人骄傲，没有什么比那抹鲜艳夺目的红更令人安心。而现在，我唯一能做的，便是以这段粗浅的文字向祖国母亲表达敬意。

红色马甲

佛冈县汤塘第二中学　七（2）班　周依雯

2021 年 5 月 17 日　星期一　多云

望着天上的乌云飘散，我心中的那份阴霾似乎也随之飘散了。

2018 年，我家还算是一个小康家庭，直至那一场意外发生。

那天中午，我和妹妹在学校等父亲来接，却被告知，父亲走路时摔了一跤，被救护车送去了医院。这个消息犹如晴天霹雳，让十岁的我手足无措，情绪稳定后才借手机打电话给母亲，母亲听后连忙去照顾父亲。

那时，父亲不能工作，看病也需要花不少钱，家里的开销越来越大，母亲只能到处借钱。好不容易治好父亲的病，可他的眼睛又出现了问题，养活全家的重担就全部压在了母亲身上。

父亲出院时，跟着来了一群不认识的人，他们身穿红色马甲，上面写着"中国广东清远佛冈县志愿者"几个大字。那一次他们送来很多东西，此后两年间，他们又不知疲倦地来探访过多次。每次看到他们，敬重、敬佩等各种情感交织在一起，心中有种不能用语言表达的感激。看着鲜艳的红马甲，我多么希望有一天自己也可以穿上它，像帮助父亲的志愿者一样，去援助其他陷入困境的人。

我问志愿者："为什么你们无私奉献不求回报？"他们面带微笑坚定地说："因为我们是共产党员！"多么简单而有力的回答！感谢中国共产党，保护并带领人民奔向幸福！我爱共产党，我爱中国！

没有国　哪有家

佛冈县石角中学　八（9）班　叶诗敏

2021 年 4 月 4 日　星期日　雨

　　今天，我和爸爸妈妈又去佛冈县水头镇新联村革命烈士墓扫墓了，打我记事起，这是每年清明必做的事。一路上，车辆络绎不绝。到达时，大家都戴着口罩，自觉保持一米间距，看到人们自觉防疫的情景，我不禁想起爷爷经常说的话："没有国，哪有家！"

　　小时候爷爷常跟我们说："新中国是无数共产党人和老百姓用鲜血和生命换来的。"爷爷一直要爸爸牢记"有国，才有家"的道理，现在爸爸又将这句话传给了我。

　　我一直没有完全理解这句话。直到 2020 年 1 月，疫情在武汉爆发，当全国人民自觉在家隔离时，我们水头的建设工人曾月雄响应国家号召，逆行而上，去武汉参与雷神山医院建设。当时，曾月雄家近十亩的牛奶枣正准备采摘，他留下妻子和孩子独自采摘，自己冒着生命危险赶赴武汉，因为他知道"没有国，就没有家"！那时，他家里上万斤枣子积压在地里，家人极度无助。水头人民听说了此事，不约而同来他家采摘枣子并帮忙销售。在水头人民的心中，帮助为国做贡献的曾月雄，也是为国效力的一种方式！

我又想起了这些年水头镇在发展经济的过程中，有一部分人先富起来了，但是他们主动放弃自己的个人利益，积极投身精准扶贫工作，通过"企业投资＋村委管理＋农户出劳动力"等模式，将就业扶贫和产业扶贫相结合，帮助水头镇贫困户如期实现脱贫增收。

我在一代代水头人身上看到了"以国家利益为先，不计较个人得失"的红色革命精神在传承。我为我是水头人而自豪！

雨中，我和爸妈把鲜花恭敬地放在烈士墓碑前，并深深鞠躬。雨水滴落在墓碑前的鲜花上，使鲜花更加鲜艳美丽，就像革命先烈的精神虽然历经时间沧桑，却越发熠熠生辉一样！

我暗下决心：传承烈士们"没有国，哪有家"的红色革命精神，让中华民族的精神脊梁在世界屹立不倒！

追寻红色历史 传承红色革命精神

——参观存久洞革命老区有感

佛冈县石角中学 八（9）班 朱演缤

2021 年 4 月 3 日 星期六 阴转晴

今天上午，我来到佛冈县黄花革命老区存久洞村，它是佛冈革命斗争史上坚固的红色堡垒，是解放战争时期的游击根据地。

刚进村，一缕清风拂面而来，拨动着我的发丝，天空阴沉沉的，不远处的山上，仿佛裹着一缕轻柔的灰色薄纱……

我跟着导游来到培智小学。小学房屋整体格局依然保留原貌，包括枪械库、飞鹰队宿舍、灶台等。室内还陈列了当时的作战地图、炮弹、水壶、军衣等历史旧物，把人们一下子拉回到革命时期。导游说："当年革命先烈所使用的农具以及食用的农作物，大部分是存久洞村的村民所赠，这种党和人民紧密融合、艰苦奋斗的精神，也延续至今，让每一代存久洞村的村民自强不息。"导游声情并茂地讲述存久洞人民英勇斗争的光辉历程和动人事迹："1947 年 8 月，清从佛人民义勇大队挺进黄花，在存久洞村建立革命武装斗争据点。黄花人民在部队党组织带领下，积极参军参战，与敌人展开了英勇斗争，陈善均、巢国辉、叶庙杨等烈士先后牺牲。烈士虽然牺牲了，可他们的精神永垂不朽，被一代代黄花人传承、发扬！"

村民陈友平说："存久洞村红色革命遗址之所以能够翻修并重新向社会开放，不仅是因为村民对于历史以及革命先烈精神的铭记与传承，更是因为这些历史与革命精神能带给他们向前的动力与向上的意志。"

解放后，存久洞村由于地处偏远山区，经济发展落后。改革开放后，在村党支部带领下，存久洞村积极探索发展道路，大力发展经济。如今，村里的面貌焕然一新——干净的巷道、雪白的墙壁、宽阔的大马路、清澈见底的小河流……还建立了存久洞红色革命基地，以红色旅游为特色带动存久洞革命老区经济发展。如今风景如画的老区村，吸引来越来越多的游客，也带旺了农家乐的生意。这些，都是村民们以己所学，尽己之力，通过自己勤劳的双手创造而成的。这些成果，正是紧紧跟党走，传承艰苦奋斗红色革命精神的具体体现。

看到存久洞村民对红色革命精神的传承，我深深地感悟到追寻红色历史，传承红色精神，何其重要！

我也找到了自己的使命：要时刻牢记"爱国"二字，树立起"为中华之崛起而读书"的信念，肩负起传承红色革命精神的重任！

当我再次望向远方，阴霾早已消散，目光所及，只有红色光芒在尽情闪耀！

那一面鲜红的旗帜
——读《把一切献给党》有感

佛冈县汤塘第二中学　七（5）班　欧焙铃

2021 年 5 月 16 日　星期日　晴

　　早晨的空气，实在澄鲜得可爱，东方的旭日射出缕缕阳光，洒满世间万物，新的一天又到来了。今天，我读了一本名叫《把一切献给党》的书。

　　这本书的作者是吴运铎，内容也是讲述吴运铎一生的真实经历。在抗日战争时期，他接受党的教育，参加革命部队，和同志们一起，刻苦钻研，研制武器，建立兵工厂。从此，他开始了与枪炮制造紧密相连的一生。这是一个战士的成长史，也是一个共产党员的思想发展史。

　　全书最让我震撼的是吴运铎冒着生命危险，执行紧急任务，三次负伤，但他都以坚强的意志和对革命的无限忠诚战胜了死亡威胁。从他身上，我懂得了什么叫"把一切献给党"！

　　"一个锤子，一把镰刀交织一起，看上去是一个普普通通的图案，可贴到鲜红的旗帜上，它就代表中国共产党。"听我太爷爷说，在中国共产党建立前，他们小时候经常遭到大地主欺压，经常吃不饱饭。自从有了共产党，建立新中国，生活如芝麻开花节节高！

书中"把我们的力量，我们的智慧，我们的一切，都交给祖国，交给人民，交给党"这句话令我印象深刻。在中国共产党的带领下，多少中国共产党党员在我们的背后默默付出，他们是值得尊敬的，他们是伟大的，他们这种精神值得我去学习，我长大也要成为像他们那样的人！

"我们的民族正在火种中燃烧，我们要在火中锻炼意志！"作为学生的我，现在过着幸福的生活，这些都是由千千万万个像吴运铎这样的党员通过奋斗拼搏换来的。2021年中国共产党喜迎百年华诞，百年风雨兼程，百年岁月沧桑。一百年来，中国从贫穷走向富裕，从羸弱走向昌盛，从任人宰割到屹立于世界东方之林！这就是奇迹！

7月是一个不平凡的月份，7月1日是中国共产党的生日，祝伟大的中国共产党生日快乐！也祝愿祖国的明天更加美好。我们将永远听党话，感党恩，跟党走！

我们这代人还有血性吗

佛冈县城北中学　八（1）班　范文楷

2021 年 5 月 10 日　星期一　晴

这几天我迷上一本书——《红色少年的故事》，书里每一个少年都让我敬佩，他们在我们天天坐在教室里上课的年龄，早早踏上了战场，直面生死，在充满血的泥沼中，一次次冲锋陷阵。

这里面有个女孩让我万分敬佩。

夹金山——长征路上翻过的第一座大雪山。寒冷、饥饿和高原反应时刻侵袭着长征队伍，在他们之中有一个女孩——没人知道她的名字，大家都叫她"小太阳"——是一个小卫生员。一路上她把行军故事编成歌谣鼓舞大家前进，但是歌谣吃不饱肚子。越接近山顶，空气就越稀薄，长征队伍中很多同志因为疲惫和饥饿，坐在雪地上，这一坐就成了一座永恒的冰雕。那天，"小太阳"身穿一件毛衣，但寒气透骨，冷得她不禁打颤。这时她看见路边坐着一个受伤的战士，这个战士把头埋进臂弯里，想睡会儿，但停下来就意味着死亡，她拼命地推他，但这个战士已经失去了意识……

有人发现她不见了，便前去寻找，在一个雪坡上找到了，她静静地躺着，像睡着了一样，身上只穿着一件单薄的军衣，战士们还看到一个受伤的战士，身上正穿着她的那件毛衣。所有人都沉默了，她，才15岁。

换成我的话，可能我恨不得多穿两件衣服，而她却把生的机会让给了战友。

看看现在我们这代人，能让我们红眼的好像只有游戏的击杀数；能让我们热血沸腾的好像只有动漫。

难道，我们这代人真的没有血性了吗？

不！我们并没有失去血性！

还记得2020年的新冠肺炎疫情吗？嘴上说着我们不想长大的90后、00后的年轻医生和志愿者，不顾任何人的反对，毅然冲向了抗击疫情的第一线。

每到国家征兵的时候，又有多少年轻的高才生放弃高薪，选择穿上一身戎装，走进军营，甚至报考军校，决定在部队干上一辈子。

还有更多的师范生，没有选择在大城市当一名教师，而选择去那些遥远偏僻的山村，给那些贫困的孩子送去知识，带去希望。

我们血气方刚，我们激情满怀，我们心中装着红色传统，稳稳接过前辈的红旗，正在努力拼搏，不负韶华，不负使命！

初心如磐　使命在肩

佛冈县第一中学　高二（15）班　黄海灵

2021 年 4 月 3 日　星期六　雨

　　"细雨湿衣看不见，闲花落地听无声。"细雨蒙蒙中，我来到了红色革命基地——佛冈县黄花存久洞。

　　都说雨天易勾起人的思绪，此话贴切。当我站在存久洞门前时，内心的那片海不觉掀起了巨浪。首先映入我眼帘的是广场中心的那座雕塑，雕塑上的红色旗帜刺痛了我的双眸，震撼了我的心灵。听着讲解员的解说，我仿佛置身于那个血雨腥风、炮火连天的岁月。那时，存久洞村是游击队的根据地。他们先后组织了汤塘古竹迳茶亭、从化跌死马山等多次战斗。歼灭了许多敌人，游击队也有 56 名指战员牺牲，近 200 名指战员受伤。最触动我心灵的是，不少人民子弟兵的功绩没被记下，甚至他们的姓名都无法为人所知。他们不为名，不为利，只为解放我们的人民，红色革命精神在无数这样有名、无名的英雄身上熠熠生辉。正是因为他们的前赴后继，才换来了我们的山河无恙！

历史将被铭记，红色革命精神的光芒也从未褪去。在 2020 年的新冠疫情中，佛冈县人民医院的李竖飞、刘素蕴等九名医护人员在疫情最严重时义无反顾地选择去一线支援。不仅如此，还有像张渠伟那样多年坚守扶贫一线的扶贫人员，像钟扬那样为生物研究奉献出生命的科研人员……一个又一个闪亮的名字又将被人民铭记，被历史铭记！他们勇于奉献，不惧牺牲，红色革命精神的意义在他们的身上得到了完美的诠释。

红星闪耀，时代变迁。作为新时代的弄潮儿，我们更应该让初心如磬；作为时代接棒人的我们，更应该接力前行。岁月如歌，热血未冷，请相信，红色革命精神在我们的传承下将展现不一样的风采。

离开存久洞后，内心的巨浪已远去，留下的涟漪更是撩人心弦。岁月不居，时节如流，征途漫漫，唯有奋斗。少年啊，让我们去经历，去感悟，去创造吧！

访遵义会址　颂长征精神

佛冈县第一中学　高二（8）班　朱杰夫

2021 年 5 月 4 日　星期二　雨

　　"红军不怕远征难，万水千山只等闲。"红军长征作为中国共产党历史上最伟大的战略转移行动之一，让我们看到革命先烈们不畏险阻、勇往直前的长征精神。今天，我重走长征路，来到了党的历史上生死攸关的转角处——遵义会议会址。

　　1935 年，红军长征来到了遵义。在这里，召开了"遵义会议"，对长征初期红军力量遭到的严重损失进行了反思，并制定了一系列举措纠正了错误的领导路线，确立了以毛泽东为核心的新的党中央的正确领导和毛泽东在红军与党中央的领导地位。如此重要的会议竟只是在一幢小宅邸进行。我凝望这红色圣地，外观与民房无异，没有华丽装饰物的点缀，却能清晰地感受到它所发出的强烈的革命精神。我的眼前突然闪过《七律·长征》中的一幕幕场景：巧渡金沙江、飞夺泸定桥、翻千山、蹚万水、三军过后尽开颜……宅邸虽小，却处处映射着革命先烈的英勇身姿，处处彰显着令人触动的长征精神。

走进遵义会议陈列馆，其中的历史文物也令人感慨万千。望着革命党员的历史塑像，仿佛自己就身处于遵义会议之中：看到积极的党员正在激烈地讨论，看到沉稳的党员眉头紧锁地思考，看到观点与观点的碰撞、理性与感性的角逐……他们都是在用自己的方式为把中国共产党引向光明的未来而做出努力，这怎能不让人为他们的革命精神感动？一件件陈列出来的历史文物，就是红军长征路上一步步的脚印，它们是红军从江西瑞金到甘肃会宁一路上每一个重大事件的标志，是中国革命走向伟大胜利的见证，这怎能不让人为其感到振奋？

忆往事，看今朝。我们如今能过上的幸福安康的生活，是一位位先烈抛头颅、洒热血换回来的胜利结晶；我们目光所及的锦绣山河，是一名名战士誓死捍卫的胜利果实；我们所自豪的光辉灿烂的中国，是中国共产党向世界展示的胜利旗帜！

红军的长征早已结束，但新中国的"长征"从未停止。身为新时代主力军的我们，不应忘记中国共产党曲折的革命历史，而应传承伟大的红色基因，弘扬新时代背景下的"长征精神"——把握机遇、迎接挑战、奋勇前行！

回首看去，那幢宅邸依然矗立，向世人宣告长征胜利的传奇。

寻红色经典　忆往昔岁月

佛冈县第一中学　高二（11）班　杨璐

2021 年 5 月 4 日　星期二　雨

今天为庆祝建党百年的献礼剧——《理想照耀中国》开播了。这部剧在网上讨论度很高，我怀着好奇的心情去看了，原本期待值并不是很高，但看了一集后，着实出乎我的意料。该剧以不同时期的 40 组人物和闪光故事，记录中国共产党诞生一百年以来团结和引领中国人民，高擎理想和信仰的炬火，谋求民族独立、人民解放、国家富强，为实现中华民族伟大复兴的中国梦不息奋斗的动人征程。

这部剧里面有 40 个故事，每一个故事都是独立的，看似没有多大关联的 40 个故事，其实都由一条充满理想和信仰的线串联起来，讲述了一段又一段的动人征程。每个故事用短短的 30 分钟描述，但是却能将人带入情境。看完后我能感受到，在那个茫然且混乱的时代，一群有志青年把《共产党宣言》当成了自己人生的目标和中国的希望。

2021 年 5 月 5 日　星期三　晴

自昨日看了《理想照耀中国》后，我更清楚地知道我们现在和平幸福的生活，是一代代前辈们的艰苦努力换来的。在那个艰苦的革命时代，有着一群有理想、有信仰的爱国者，为祖国抛头颅、洒热血，用生命换来了祖国的繁荣昌盛，用生命换来了祖国的国泰民安。

在《理想照耀中国》中知道了某个英雄人物的故事，我便想了解一下身边的革命英雄人物，通过网上的资料，我了解到了本地革命先烈黄渠成的事迹。黄渠成出生在佛冈县四九镇菱塘村的一个贫农家庭，他从小便聪明勤奋，在氏族公堂的资助下考进广雅中学读高中，这便为他往后参加革命奠定了基础。他于 1941 年秋加入中国共产党。黄渠成放弃在读中山大学学籍回到滘江，参加了中共滘江工委任统战委员，曾带队掩护东纵北江支队安全通过滘江，同时武装起义建立滘江人民抗日义勇大队，黄渠成任大队长。抗日战争胜利后，黄渠成执行江北地委要大搞武装斗争的指示，先后组建了七个中队。江北地区的武装统一编为广东人民解放军江北支队，清、从、花、佛地区的武装整编为第四团，黄渠成为团长。当年 5 月 4 日四团在从化县坪地村休整开会，突遭从化县警察包围，黄渠成在奋力掩护机要员突围时英勇牺牲，那时他才 31 岁。

黄渠成的一生都在为中国革命事业奋斗，他在最美好的年华将自己的生命奉献给了革命事业，他的英雄事迹值得我们铭记于心，他的大无畏精神值得我们学习。

2021 年 5 月 9 日　星期日　晴

了解到黄渠成的事迹后，我便想去曾经的革命根据地了解一下、感受一下先辈们曾经待过、走过的地方。

于是在今天这个万里晴空的日子里，我去了佛冈存久洞村。存久洞村曾是粤赣湘边纵队东江第三支队第四团、北江第一支队第六团的驻地，在 1993 年被评定为清远解放战争时期游击根据地。这个曾经是革命根据地的村庄，已经变成了风景美如画的老区村。虽然村庄样子已经变了，但是它留存下来的文化资源却一直在，当你站在那里，会感受到一种浓浓的红色文化气息，令人肃然起敬。

忆往昔，风雨兼程岁月如歌，看今朝，百年华诞风华正茂。火熊熊薪传百代，光灿灿彪炳千秋。多少人在党的百年华诞之际为之祝贺，为之喝彩。而今就让我这位新时代青年为党的百岁生日献上我的一片热忱和祝福：愿党永葆生机，永葆党的先进性，愿祖国欣欣向荣、繁荣昌盛，愿人民生活富足、幸福安康。

走红色革命之路　扬红色精神之光

佛冈县城东中学　八（17）班　钟丹蕊

2021年5月3日　星期一　晴

2021年7月1日是中国共产党成立100周年。光阴似箭，日月如梭，转眼间，中国共产党已经走过了100年的风风雨雨。怀着期待的心情，在这特殊的年份，趁着五一假期，我去参观了黄花存久洞革命根据地。

在那里我了解到，我的家乡——佛冈，是一个具有光荣革命传统的红色老区，从国内革命战争时期开始，这里涌现出一批批进步青年、革命志士，为救国救民于水火，抛头颅、洒热血，谱写出绚烂的华彩乐章。抗战时期，这里是保卫粤北的前线；解放战争时期，佛冈解放战被称为"入粤第一仗"。

早在国内革命战争时期，就有不少进步青年、学生、工人投身革命运动。革命烈火遍地燃烧，许多佛冈好儿女毅然前赴后继，投身革命。抗日战争时期，佛冈、滘江地区成了保卫粤北的前线。在佛冈先后建立起广东青年抗日先锋队滘江支队和佛冈青年抗日先锋队，以抗先队员为核心骨干，组织起各乡民众抗日自卫队，拿起枪杆，多次打退日军的侵略，并配合抗日部队取得两次保卫粤北的重大胜利。佛冈、潖江人民打击日本侵略者的事迹，远近传颂，威名远播。解放战争时期，佛冈解放战更是为人熟知。这一战斗，被称为"解放广州第一仗"或"入粤第一仗"。在这些战斗中，佛冈大地上无数的革命先烈奋斗不息，用血与火绘就了救国救民、可歌可泣的历史画卷，用坚定崇高的共产主义信念和伟大的爱国主义精神构筑了无限珍贵的精神宝库！

在中共 100 年的历史中，是什么让中国共产党能克服艰难奋斗不息？是什么能让中国共产党在内忧外患的多重压力下突破险境，绝处逢生，直到今日把中国建设成为东方强国？是红色精神！作为中学生的我们应该弘扬红色历史，传承革命精神。

挥洒热情，让青春热血沸腾；

缅怀过去，让思念永记心底；

努力奋斗，让未来更加美好。

愿祖国的明天更加繁荣昌盛！

不负先烈　不负自己

清新区滨江中学　高二（8）班　黄林辉

2021 年 3 月 15 日　星期一　晴

今天晴空万里，阳光明媚。我有幸随学校的师生团来到了清新区太和镇的革命老区村：庙仔岗村。

这里不仅是大革命时期清远农民运动的发源地之一，还是抗日战争和解放战争时期革命武装力量的频繁活动区之一。随着革命的胜利，祖国的兴起，当地政府和人民群众为了缅怀革命先烈、表彰烈士功绩而捐建了庙仔岗烈士陵园。

一下车，我们便来到烈士陵园门口，老师和同学们都肃然起敬！一进大门，引人注目的是那雄伟的烈士纪念碑，碑面雕刻着"革命先烈永垂不朽"几个大字。周围有许多先烈的简介，上面书写着先烈们生前的英雄事迹。随后我们整理好着装，展开国旗，抬起花圈，郑重地迈向纪念碑前。老师代表整理花圈，全体庄严地进行了爱国爱党宣誓！接着老师代表宣读祭文，言语中透露着对祖国的热爱、对先烈的缅怀。当老师说道："在这雄伟的纪念碑后，埋葬着几位先烈……"时，我沉默了，心情也随之沉重了起来。先烈们为了保家卫国，鞠躬尽瘁、赴汤蹈火，让我知道了现今和平生活是来之不易的。

随后我们来到了清远市中共党史教育基地，广场上的五星红旗迎风飘扬，基地周围的常青树生机勃勃。当我们步入场室时，让我们震惊的是——这里陈列着许多先烈们生前的遗物：尘封已久的枪支、锋利的长矛、破烂不堪的桑叶衣、陈旧的电报机……甚至还陈列着一封封血淋淋的家书，这些绝笔记载了先烈们的家国情怀，记载着许多不为人知的"秘密"。他们有的瞒着家人私自参军，有的为了民族大义，为了祖国的未来拿起枪杆、挑起重担，与敌人浴血奋战。最后，他们有的已献身人民，有的身残却仍志坚地报效祖国，有的还在为祖国崛起奋斗在祖国建设的第一线。

这次红色之旅，让我感触很深：能生活在如此和平的年代里，我们是多么幸运！我们要珍惜现在来之不易的生活，要懂得用感恩的心回馈祖国与社会。

中华民族伟大复兴绝不是轻轻松松、敲锣打鼓就能实现的，需要靠一代又一代人的奋斗。作为新时代青年的我们，应志存高远、忠于祖国，努力做新时代具有远大理想和坚定信念的爱国者与践行者。我们要"不负先烈，不负自己"！

参观冯达飞纪念馆

佛冈县大陂中学　九（5）班　李春媚

2020 年 8 月 6 日　星期四　晴

　　清晨，刚打开窗户，一股新鲜空气扑面而来，伴随一缕金色的光芒，太阳出来了，露出慈祥的笑容！今天是清远市中华传统美德教育研学开展活动的第三天。

　　坐上大巴，看着沿途的风景，我们来到连州市东陂镇的冯达飞纪念馆。整个纪念馆不是很高，仅仅只有两层。迈进纪念馆的大门，站在纪念馆的大厅中，顿时感觉开阔起来。四周的墙壁挂满了照片，每幅照片下面还有几行有关照片内容的解说。整个纪念馆被分为六个板块，分别介绍冯达飞烈士光辉的一生。

　　听着讲解员的解说，我了解到冯达飞是中国空军史上首批飞行员，第一个飞行教官。他参加过中国共产党领导的广州起义、百色起义、二万五千里长征和抗日战争。1924 年进入黄埔军校第一期学习，毕业后留学苏联学习飞行和炮科。1924 年冬加入中国共产党，历任红七军团长、红八军代军长、新四军教导总队副总队长兼教育长、新二支队副司令员等职。1941 年 1 月，在皖南事变中受伤、被捕。1942 年 6 月 8 日牺牲于上饶集中营。

冯达飞多才多艺，文武双全，让我十分钦佩。在他的事迹中，令我印象最深的是 1932 年 4 月，红军攻克闽南重镇漳州，缴获国民党军阀张贞的两架飞机，其中一架受损严重，不能使用。冯达飞奉命日夜兼程赶赴漳州，检修飞机。他克服重重困难，在当地能工巧匠的协助下，终于把飞机修复并亲自驾机飞回瑞金，不愧是一只红色"雄鹰"！

这次参观，让我学到了课本上没有的知识，让我久久不能忘怀。当我从炎热的室外回到清爽的空调房，我更深深地感到，没有革命先辈们的流血牺牲，哪有我们今天的幸福生活！革命烈士冯达飞虽然已经离开了我们，但我们绝不能忘记了他！冯达飞烈士"有灵魂，有本事，有血性，有品德"的四有精神将一直鼓舞我，好好学习，长大后为祖国的建设出一份力。

参加清明祭扫活动有感

佛冈县汤塘中学　八（1）班　邓好

2021 年 4 月 4 日　星期日　阴雨

　　今天，我怀着无比沉重的心情，前往革命烈士纪念碑所在处参加清明祭扫活动。一路上看到的行人都步履匆匆，也许正应了"清明时节雨纷纷，路上行人欲断魂"。

　　不一会儿，我们来到了"百步梯"前。走上"百步梯"就抵达山顶的革命烈士纪念陵园了。我一步一步走着，有种很奇妙的感觉在脑海盘旋，仿佛正走在时空隧道，下一秒就穿梭于历史长河中。如果可以，我想去看看十三岁的王二小，看他在面对日军扫荡时的机智勇敢；我想去看看十五岁的刘胡兰，看她在面对敌人威逼利诱下的淡定从容……自古英雄出少年，而少年做出英雄之举，是因为他们的心中有家国。

　　到山顶时，映入眼帘的便是高高耸立的纪念碑。多么庄严又神圣！我看着碑上刻着的姓名，心潮起伏，思绪万千：是你们，让我们能够挺直脊梁，昂首阔步地向前走；是你们，让我们能够摆脱剥削，自由平等地生活。碑上的字是那样的清冷无情，可姓名背后是满腔热血，是忠贞不渝的家国情怀。你们看到了吗？当今的中国繁荣昌盛，飞机再也不用飞两遍了。

作为新时代青少年的我们，身上肩负着祖国未来发展的建设和重任。"少年强则国强"，我们正值青春年少，应当树立远大的理想。我们可以成为救死扶伤的医者去保护那受伤的人；我们可以成为执法不阿的律师去保护那权利受损的人；抑或是成为英姿飒爽的军人，像你们保护我们一样保护我们的国，而在此过程中，我们可能会遇到很多困难险阻、利益诱惑。那时我们便要像你们一样，坚定不移地选择行走在为民族伟大复兴的大道上。

这时天突然下起了蒙蒙细雨，是你们听到我的决心了吗？请你们放心，守卫祖国有我们。我将永远铭记你们——伟大革命的英雄！

传承红色基因　弘扬时代精神

佛冈县佛冈中学　高一（1）班　李潼

2021 年 5 月 4 日　星期二　雨

今天一早，我们便坐上了前往连樟村的车。近半个小时的车程，沿途满目苍翠；山坳里一块块稻田如画家的调色板，却只调出一个色系——深深浅浅的绿；农人赶着耕牛在田间作画；一道道公路在山间蜿蜒。稻田旁，山坡上，一座座楼房点缀其中。

走进清远市英德连樟村，只见满目青山碧水，道路干净整洁。"乡亲们一天不脱贫，我就一天放不下心来。"2018 年 10 月 23 日，习近平总书记来到广东省清远市连樟村留下殷切的嘱托。他强调，全面建成小康社会一个都不能少，在脱贫攻坚战中，基层党组织要发挥战斗堡垒作用。

两年来，这个远近闻名的"空心村"、省定贫困村把总书记的嘱托落实，在深化资源变资产、资金变股金、农民变股民的"三变"改革下，加强基层党建，完善乡村治理机制，落实民生保障政策，全面完成相对贫困户脱贫攻坚任务，截至 2020 年 10 月底，连樟村 54 户贫困户全部实现脱贫目标。曾经的贫困户陆奕和就是一个典型的脱贫例子。以前的日子，一家子的柴米油盐全靠他一人打零工苦苦坚持，一个月都吃不上一顿肉，生活的重担压得他几乎喘不过气来，于是他成天沉默不语。但改变很快便来临。短短几年的时间，陆奕和便走上了致富之路，生活越发幸福美满，他的脸上终于出现了久违的笑容。

不仅仅是他，2019 年，连樟村全村五十四户，一百三十七名贫困人口，全部达到脱贫退出标准，积极响应了国家脱贫致富的目标。在脱贫攻坚的背后，有着无数默默无闻的工作者始终坚持在自己的岗位上，为祖国的建设添砖加瓦，贡献属于自己的一份力量。这就是红色精神的体现。红色精神的传承不仅仅是要求我们理解共产党的红色精神，更让我们珍惜今天来之不易的和平生活。

红色精神是跨越时代的精神品质，可以成为新时代的价值取向，可以具有普世价值的光芒。作为新时代的青年，我们必须承担起为中华民族伟大复兴而奋斗的责任，传承红色基因，弘扬时代精神。

为了建设祖国更美好的明天，我们应怀揣着坚定的理想和信念，发奋图强，以自己的实际行动报效祖国。远山云霭弥漫，雾气四起，但萦绕在连樟村的贫困的阴霾，早已烟消云散。

缅怀先烈　传递薪火

清远市第一中学　高一（9）班　房曼欣

2021 年 4 月 4 日　星期日　阴雨

　　清明时节雨纷纷，路上行人欲断魂。借问酒家何处有，牧童遥指杏花村。

　　今年的清明节格外肃静，天空下起淅淅沥沥的小雨，山上雾气缭绕，宛若仙境。我和爷爷今天去祭奠一位特殊的人物——我的伯公。

　　来到山上，潮湿的天气令人格外烦躁，我蔫蔫地跟着爷爷走到坟前。只见爷爷慢慢蹲下，轻轻地抚摸墓碑，脸上流露出异样的神色。我定睛一看，一颗鲜红的五角星刻在墓碑上。我不解地问爷爷，爷爷说："啊，那是，那是我的哥哥，一位解放军战士。"爷爷眼中泛着泪花回忆："这位是最年长的哥哥，在战火连天的年代，他毅然参军……"随着爷爷的讲述，我的脑海中勾勒出一个个场景：这位战士在枪林弹雨中穿梭，黝黑的脸庞流露出坚毅的神色。他拿着枪支与敌人战斗，经过一番激战，红军胜利了。战士缓缓站起，将红旗高挂于城墙之上，红旗随风飘扬。他脸上露出笑容，而后慢慢地倒在地上。年轻的生命就此长眠。爷爷抹了抹脸，对着墓碑说："我都快不记得你长什么样子了，你……"我站在旁边，深受感触，恭敬地跪拜，陪爷爷在这里静默着，很久很久才离去。

晚上回到家，我陷入沉思，联想到前几天看到的新闻，心中百感交集。中印争端又起，我国几位英雄因此牺牲。祁发宝团长，面对印度士兵的公然挑衅，据理力争，正面应对，在与敌人争执无果负伤后，仍坚持守卫中国领土。"跟他们说，我不喜欢他们，叫他们滚回去！"团长掷地有声的话语，回荡在我心中。战士陈祥榕，一个二十出头，风华正茂的年轻人也因此牺牲。英雄已去，但山河无恙！泪湿襟！精神永存，江山如故！气如虹！在脱贫攻坚一线，"最美第一书记"黄文秀忙得像一个陀螺，直至生命最后一刻，依然心系脱贫事业。英雄一直在，他们像灯一样照亮我们前进的路途！

回顾历史，立足当下，作为新一代青年的我们，应该接过历史的接力棒，坚定理想信念，努力学习，提升自我价值，担起守护国家的重任。我坚信，英雄常在，精神永驻，薪火永相传！

小学组

愿以我血献后土，换得神州永太平
——参观"存久洞革命老区"有感

佛冈县振兴小学　五（1）班　曾祥丰

2021 年 5 月 1 日　星期六　晴

　　今天是"五一国际劳动节"。清晨，迎着轻柔的微风，沐浴着和煦的阳光，我和妈妈再次驱车前往革命老区存久洞村参观学习。汽车在蜿蜒曲折的山路上行驶将近一个小时后，我们终于来到了距离县城二十多公里、地处深山老林中的存久洞村。

　　我们把车子停在村前的一个广场旁。广场上有一组古铜色的革命战士的雕像，雕像背景是一面迎风招展的党旗，底座上写着几个苍劲有力的大字——"佛冈县存久洞村红色文化广场"。我们在雕像前拍照留影，然后就跟着讲解员到村子里参观游览。

　　首先，我们来到了存久洞革命历史展览馆。馆内陈列了当时的作战地图、炮弹、水壶、军衣、灶台等历史文物，一下子就把我们拉回到了艰苦的革命岁月。在这里，我们对存久洞的革命历史有了深刻的了解。存久洞村是历史悠久的革命老区，它曾经是中国人民解放军地方部队的领导机关所在地，也是青年干部训练班旧址，还是滟江地区重要的革命活动中心。1947年8月，清从佛人民义勇大队成立后挺进黄花，建立革命武装斗争据点，大队部设在存久洞村。义勇大队在当地休整、训练，并开展革命宣传活动。1948年初，中国人民解放军广东江北支队第四团以存久洞村为据点，先后组织了多次战斗。1949年2月，中国人民解放军广东江北支队东三支四团和北一支六团在存久洞村设立"培智小学"，举办清佛干部培训班。此后，部队不断发展壮大，先后组织了保卫四九解放区、联合水头武工队攻打驻水头鹅厂联防队等战斗并取得胜利。当地人民在部队党组织的带领下，积极参军参战，与敌人展开了英勇斗争。展览馆里翔实的史料让每一个参观者都深受感触，我们要"不忘初心、牢记使命"，进一步培养和践行社会主义核心价值观，为实现中华民族伟大复兴的中国梦而努力奋斗。

时至今日，占地约100平方米的"培智小学"旧址依然存在，房屋整体格局仍然保留着原来的模样。

走出历史展览馆，我们迎面看到了一堵泥墙，墙上是红底白字的入党誓词。妈妈是一名共产党员，她静静地站在誓词前，庄严地举起右手，一字一句地重温入党誓词"……对党忠诚，积极工作，为共产主义奋斗终身，随时准备为党和人民牺牲一切……"。妈妈铿锵有力的声音久久地回荡在我耳旁，我不禁热泪盈眶，长大以后，我希望也能加入中国共产党，为祖国和人民贡献自己的力量。

怀着崇敬的心情，我们回到了文化广场。广场沿河而建，河边是一条用木头搭建的长廊。长廊两边挂着一幅幅革命烈士的照片和他们的简介。我和妈妈一幅一幅地认真看，时而驻足默念，时而高声朗读。每一幅照片似乎都在讲述着一个催人泪下的故事，我们的灵魂震撼了，眼眶湿润了。青山依旧，历史永远不会忘记那些威武不屈，浴血奋战，"愿以我血献后土，换得神州永太平"的英雄先烈。正是他们，在那段风雨如磐的斗争岁月里，用鲜血和生命换来了我们今天的幸福生活。

讲解员告诉我们，每逢重大活动或节日，存久洞村的村民都会在红色文化广场自发组织升旗仪式。升旗仪式已持续二十多年，这是对红色革命精神的传承。他们感叹现在的幸福生活来之不易，没有共产党就没有新中国。

中午时分，我们依依不舍地离开了存久洞村。这是一个红色文化浓厚的革命老区，希望有更多的人来到这里，一起感受红色文化的魅力！

指导老师：朱少军

一颗闪亮的恒星

——读《雷锋的故事》有感

清远市清城区凤鸣小学　五（6）班　王爱淇

2021 年 3 月 5 日　星期五　晴

雷锋，一个伟大而响亮的名字！

雷锋，新中国一颗明亮的恒星！

从小就知道毛主席的题词："向雷锋同志学习。"

从小就在音乐课听老师教我们唱："学习雷锋好榜样，忠于革命，忠于党。"

党的领袖的题词记住了，学雷锋的歌唱熟了，但对雷锋的认识仍是朦朦胧胧的。

今天，3 月 5 日，是"学雷锋日"，我读到《雷锋的故事》这本书。

读完《雷锋的故事》，我才真正认识了雷锋。

读完《雷锋的故事》，我心潮起伏，热血沸腾。

雷锋，只活了二十二年，但他的青春不老，生命永恒。

雷锋，一个平凡的战士，但他的精神却令我们仰望。

雷锋充满爱心，乐于助人。有一句流传很广的话："雷锋出差一千里，好事做了一火车。"

雷锋充满大爱精神，他是爱心的灯塔。他热爱共产党，爱祖国，爱社会主义，爱人民。

雷锋是一颗永不生锈的螺丝钉。他说："我是一颗螺丝钉，党把我拧在哪里就在哪里起作用。"他说到做到，干一行，爱一行，且都会干出不凡的成绩。

雷锋叔叔是个无私奉献的人。他给灾区捐款不留名，给困难战友寄钱不留名，做好事不留名，甘做一个无名英雄。

雷锋叔叔是勤奋好学的人。他说："不但要有好思想，而且还要有好技术，才能更好地为人民服务。"他在学习上有"钉子"精神，挤一切业余时间学习。

雷锋叔叔生前获过许多荣誉，但他却从不居功自傲。他说："力量从团结来，智慧从劳动来，行动从思想来，荣誉从集体来。"这是多么高的思想境界啊！

雷锋叔叔是个热爱劳动的人。星期天，他也牺牲休息时间，为建筑工地无偿搬砖推车。

雷锋叔叔是个热爱集体财产、很有责任心的人。一天，雷锋正和农场的职工一起紧急补修堤岸，一场暴风雨倾盆而下，一名同志对雷锋说："拖拉机停放的场地进水了。"雷锋听了，不管狂风暴雨的袭击，赶忙跑进驾驶室里，把拖拉机开到高地。后来，看着雨越来越大，雷锋心里放心不下，冒着危险三次去调整拖拉机的位置，终于把拖拉机保住了。

雷锋叔叔的感人故事真是太多了，每一个故事都让我感动、激动。

雷锋叔叔的精神真的太值得我们学习了。我们不一定去做轰轰烈烈的大事，但应该要把平凡的小事做好。

我们可以在公共汽车上把座位让给有需要的人，可以帮学习成绩进步慢的同学一起进步，还可以帮助家庭困难的同学解决燃眉之急……伟大出于平凡，雷锋不就是从平凡的点滴做起的吗？

"学习雷锋"不应该只是一句歌词，不是一句口号，也不是一天两天的事，而是应该持之以恒，让学习雷锋成为一种习惯和一辈子的事。因此，以后不管是不是学习雷锋月，即使是在平常的日子里，我都要时时刻刻向雷锋叔叔看齐，多劳动，多帮助同学，争取做一个小雷锋。

读完这本书，我最想说的是："雷锋叔叔，我们会永远记住您的！雷锋精神这面旗帜一定会在我们每一个人的心中永远飘扬！"

让雷锋精神化作甘霖，湿润我们每一个人的心灵。

让雷锋这颗永恒的红星永远在我们的天空闪耀，激励我们做一个无私的人，高尚的人，对祖国与人民有用的人！

红色日记

佛冈县石角镇诚迳小学　五年级　宋雯枝

2021 年 3 月 29 日　星期一　晴

　　今天又是星期一，按照学校惯例是要举行升旗仪式的。因为再过几天就是清明节了，所以本周的"国旗下的讲话"大多讲的是有关革命烈士的。我站在鲜艳的国旗下认真地聆听，今天在这庄严的升旗仪式上，我们凝视着烈士鲜血所染红的国旗，不觉思绪又回到那艰苦卓绝的岁月，旧中国饱受战争的创伤和帝国主义的欺凌，人民受尽磨难和屈辱。在祖国危难之时，无数爱国志士挺身而出，为了祖国的独立统一和人民的解放，甘洒一腔热血，换来了今天来之不易的幸福生活，所以我们更加要好好学习，将来成为国家的栋梁。

2021 年 3 月 30 日　星期二　晴

　　今天下午第三节，老师带领我们参观了学校的"思源室"。

校长经常对我们说："诚迳是革命老区，我们身为本地的子孙后代，应该知道本地的革命历史。"所以学校组织了这次活动。轮到我们班时，我们一个个排好队，在老师的引领下，满怀崇敬地瞻仰了"思源室"革命烈士的遗照、遗物，聆听了诚迳革命老区军民浴血奋战的斗争故事。观听后，我仿佛回到了那段艰苦卓绝、烽火硝烟的革命岁月。作为三八人民的子孙后代，我们必须牢记今天幸福的生活来之不易，我们要饮水思源，学习和发扬革命前辈艰难奋斗、自强不息的精神，继承革命先烈的遗志，好好学习，将来为国家、为家乡贡献自己的力量。

2021 年 3 月 31 日　星期三　晴

戍边英雄事迹感动全国。今天，学校组织我们召开观看戍边英雄事迹的主题班会。视频讲的是为了不让外军侵入我国领土，我国的边防官兵祁发宝同志身负重伤，陈红军、陈祥榕、肖思远、王焯冉同志不幸牺牲，看完我感动不已。大好河山，寸土不让，爱国和忠勇是他们身上最美的光。那些戍边战士，那些解放军，他们也有家，他们是谁的儿子，是谁的父亲，又是谁的爱人？他们在保家卫国的时候，是他们的家人在背后默默支持，他们为国家主权，为领土安全，为社会安定身先士卒，英勇无畏。"清澈的爱，只为中国"，我也愿意用我的青春，守住这繁荣盛世！

2021 年 4 月 1 日　星期四　晴

"清明时节雨纷纷，路上行人欲断魂。"清明节是我国人民悼念逝者、寄托哀思、缅怀先人的传统节日。今天早上，我们学校组织全体师生开展"缅怀革命先烈英雄事迹，继承革命烈士光荣传统"的网上祭英烈活动。

活动中，同学们自由点击自己想要了解的相关内容，并向烈士们献上鲜花、鞠躬，在留言栏上留言，表达自己的缅怀之情，表达复兴中华的宏伟志向和豪迈心声。活动分班轮流到学校电脑室开展。

2021 年 4 月 2 日　星期五　晴

"龙华千古仰高风，壮士身亡志未穷。墙外桃花墙里血，一般鲜艳一般红。"一年一度的清明节即将来临，为落实"扣好人生第一粒扣子"的重要指示精神，今天下午，学校组织开展了2021 年清明节扫墓教育活动。

学校从各班选派了五名优秀少先队员代表、六位老师一起来到本地一个叫挂牌的地方。挂牌有一座革命烈士陵园。活动按学校少先队大队部署的每个流程有序进行。通过这次活动，我了解了我们本地的一些革命战斗故事，我觉得：我们要把对先烈的最深情的思念和最崇高的敬意化为行动，努力学习，热爱劳动，长大了为祖国建设贡献力量，以实际行动编织祖国美好的明天，告慰烈士的忠魂。

指导教师：成庆山

我是思源，我是革命的后代

清新区第四小学 六（7）班 冯思源

2021 年 4 月 4 日 星期三 阴雨

我的家乡是秦皇，是清远有名的游击战争根据地。

今天是清明节。天空飘着丝丝细雨。爸爸、叔叔带我们兄弟姐妹五人回家乡，去山心村委会旁的中国人民解放军粤桂湘边纵队秦皇山革命根据地纪念碑前祭奠。

小汽车在山间蜿蜒前进，郁郁葱葱的麻竹掩映着开着白色小花的砂糖橘。我问："爸爸，为什么我们家乡会建立革命根据地呢？"

爸爸给我们讲起了秦皇山的革命故事："秦皇山地处广宁、四会和清远的接合部，南临威整、罗源，东接清西大平原，西靠广宁革命老区，所以物资、武器的补给都很方便。正因为这些得天独厚的地理优势。所以解放战争时期，中国共产党及其领导的武装队伍在这里建立了革命根据地，成为粤桂湘边区开展游击战争的重要地区和连江支队第三团机关的常驻地。当年，我的爷爷以及许多秦皇的热血青年都积极地参与到游击革命中，为革命战争贡献了自己的力量，有的甚至献出了自己宝贵的生命……"我恍然大悟，终于明白为什么每年清明节爸爸和叔叔都要带我们回老家的纪念碑前祭奠了。

目的地到了，我们下了车。一阵散发着青草香气的清新空气扑面而来。映入眼帘是一座高大雄伟的纪念碑，两旁是青翠无比的青松、绿柏。这里也曾经弥漫着战火硝烟吗？这里也曾穿梭着太爷爷浴血奋战的身影吗？爸爸说："为了革命战争的胜利，很多人受伤了，甚至牺牲。你太爷爷也曾在这里被敌人围困过三天三夜，怕敌人发现，不敢生火，只能吃番薯叶，没有水喝……"我惊呆了，三天三夜只吃番薯叶，这得要多强大的意志啊！爸爸说："太爷爷真了不起，打跑了日本鬼子，还要打国民党反动派。他们扛起枪支，只是为了让人民过上好日子，让人人有饭吃，个个有田耕！"

透过历史的风尘，我的脑海里仿佛看到了先烈们为了那淳朴的愿望，抛头颅、洒热血，在山林里穿梭、英勇作战的身影！怀着崇高的敬意，我献上了一束菊花。

爸爸说："思源，你知道你名字的意义吗？饮水思源！"

我是思源，我是革命的后代。我要铭记革命先烈的丰功伟绩，发扬红色革命精神，努力成为红色精神的传承人。

祭烈士 忆英雄

阳山县七拱中心小学 六（6）班 陈铃巇

2021 年 4 月 6 日 星期二 阴

清明祭墓忆英雄，遗志长存耀碧空。

又到清明时节。今天早上，我们代表七拱中心小学到七拱烈士墓祭祀革命烈士。队伍先集中到了操场上，由少先队总辅导员陈志雄老师强调了纪律后，就向着烈士墓方向出发了。

迈着沉重的步伐，穿过狭小的街道，来到一道斜斜的阶梯前，我看到了纪念碑，上面写着"革命烈士纪念碑"七个大字。

祭奠烈士的仪式正式开始了，两个少先队员抬着花圈、迈着整齐划一的步伐走到烈士墓前，小心翼翼地献上花圈，然后全体少先队员行队礼，之后深深地向革命烈士三鞠躬。

接着学校梁主任向我们介绍了王福和王成支的生平："王福同志是河北省人，1948 年 12 月参加了解放军。在战斗中英勇杀敌，曾五次负伤，三次立功，1950 年光荣地加入了中国共产党，同年 6 月，王福同志奉命随连队到七拱清剿土匪时负伤引发重病，经抢救无效光荣牺牲，享年 26 岁。王成支是河北省人，1945 年 9 月参加了解放军，在四十一军一二三师三六八团三营九连任炊事班班长。1948 年 8 月加入中国共产党，曾四次立功。1950 年随部队到七拱清剿土匪，在战斗中负重伤，1950 年 6 月再次患重病，经抢救无效光荣牺牲，享年 42 岁。"听着梁主任的叙述，我的心里不禁涌起崇敬之情。

紧接着是陈国营校长发表讲话。陈校长说："……我们要学习王福和王成支同志守纪律、听指挥、不怕牺牲的革命精神……"

当主持人说"现在有请少先队员代表陈铃嶷同学发言"后，我昂首挺胸走到了队伍前面。我先向全体老师、同学敬了队礼，怀着激动的心情，开始演讲："……我们今天的幸福生活都是革命烈士不懈努力，用鲜血和生命换来的，所以我们要加倍珍惜今天的幸福生活。我们要勤奋学习，努力奋斗，长大了为家乡、为祖国的建设贡献自己的全部力量。"我讲完后，鞠了个躬，伴随着师生们的掌声走回了队伍。

最后，我们全体师生高唱《中国少年先锋队队歌》。洪亮的歌声唱出了少先队员们对烈士们最深情的思念和最崇高的敬意。伴随着歌声，大家围绕烈士纪念碑走了一圈，心中对烈士的缅怀之情油然而生……

祭奠烈士仪式虽然结束了，但我的内心久久不能平静……今天我代表全体少先队员发言，这是一件多么幸福、多么光荣的事！我下定决心要为家乡的建设，为祖国的繁荣富强而努力学习，长大后服务社会，报效祖国。

指导老师：陈志雄

参观秦皇山红色革命根据地

清远市田家炳实验学校　四（16）班　汤凯旋

2021 年 5 月 15 日　星期六　晴

5 月 15 日，早上我们沿着崎岖的山路乘车来到群山环绕的红色精神教育基地——秦皇山革命根据地。这里生态良好，山清水秀，空气清新。一下车就见到苍翠茂密的松柏中矗立着高高的根据地纪念碑，我们不禁肃然起敬。

讲解员老师把我们迎入大厅，首先让我们观看了十八分钟的纪录片，那是一段艰苦卓绝的历史：1946—1949 年，革命前辈们不畏艰难险阻，想方设法与敌人周旋、斗争，最终取得了胜利。

讲解员老师还给我们讲述了英雄"古金仔"的故事：古金仔是当时秦山游击队的一名送信员，为了把信件送到广宁那边，他排除万难，翻山越岭徒步去送信，不幸被敌人抓住。敌人威逼利诱让他把信件交出来，可他却丝毫不为所动。恼羞成怒的敌人对他进行严刑拷打，他受尽了非人的折磨，却依然未把我军行动计划透露分毫，最后敌人把他残忍地杀害了！古金仔真是一位舍生取义、视死如归的大英雄啊!

　　纪念馆里还有一些史料和图片见证着那段波澜壮阔的伟大历史,还摆着许许多多战争时期用过的武器和物品:驳壳枪、煤油灯、手榴弹、机关枪……革命前辈们竟是拿着这些简陋的武器与装备精良的敌人作战啊!他们凭着坚定的信仰、顽强的意志和革命的乐观主义精神,战胜了强大的敌人,解放了全中国。

　　天空中降下蒙蒙细雨,那是我们怀念英雄的泪水;松柏在风中发出微响,那是我们对英雄吟唱的赞歌。怀着崇敬的心情,我们列队来到纪念碑前哀悼革命烈士,向英雄们表达我们无尽的哀思!

　　这次参观红色革命根据地的活动让我深深体会到:我们现在来之不易的美好生活,是革命先烈们用鲜血换来的。英雄已逝,作为后来人的我们应该加倍珍惜今天的幸福生活,努力学习,艰苦奋斗,报效祖国。如果有革命先烈那样坚定的信念和顽强的意志,学习和生活中碰到的那点困难和挫折又算得了什么呢?此时,我暗暗下定了决心,要把革命烈士的精神永远传承下去,让我们承接这份宝贵的精神财富。

　　　　　　　　　　　　　　　　　指导老师:何旭霞

追寻红色足迹

英德市第七小学　三（7）班　巫琦晟

2021 年 5 月 2 日　星期二　晴

　　今天，我和爸爸、妈妈一起来到英德市横石塘镇龙华村追寻红色足迹。龙华村地处英德市中部，于 1992 年被评定为革命老区，2018 年被广东省委定为"红色村"党建示范工程重点建设村。

　　来到龙华村村委，映入眼帘的是一幢幢红色的二层小楼房，在这些红色小楼房门前，高高的五星红旗迎风飘扬，"红色基因代代相传"几个大字格外显眼。我们听讲解员讲述关于龙华村的革命故事：龙华村是一块具有光荣革命斗争传统的沃土，在这里爆发过三隅乡农民革命战争，龙华人民在党的领导下，成立抗征抗暴农民会，开展反对国民党征兵、征粮、征税的活动，积极筹粮、筹款、筹武器支援革命；组建龙华抗征抗暴独立队，创建龙华游击区，配合英西武工队和粤赣先遣支队突击大队与国民党反动派展开了艰苦卓绝的斗争。为反抗压迫和剥削，争取人民解放，龙华大地涌现了许多英雄事迹，革命志士前赴后继，谱写了可歌可泣的革命篇章。

随后，我们来到了肖国珍等烈士的雕塑前，看着为革命英勇牺牲的前辈们手握长枪，挥舞大刀，随时准备战斗的姿势，感受到了战士们团结一致的士气，联想到了他们与国民党反动派进行浴血奋战的场面。为取得三隅乡战斗的胜利，他们在那样艰苦的条件下组织游击队，建立游击区。村中农民为游击队筹集长短枪一批，捐献粮食一批，肖国全、肖石永、肖国强、肖文镜等人自愿加入部队参加战斗，农会小组长、民兵队副队长黄周同志动员农民兄弟们为游击队战士们送粮送水，组织民兵协助站岗放哨，组织妇女为驻地游击战士做后勤工作，直至三隅全境解放。听讲解员介绍完三隅乡的革命斗争故事，我心里感慨万千，对这些为新中国成立做出贡献的前辈们肃然起敬。

龙华人民铭记历史，传承红色精神，在蜕变中发展，在传承中前行，在坚守中奋进！省委组织部扶贫工作队于 2016 年 4 月入驻，协同村"两委"干部，抓党建，促脱贫。新农村建设的全面推进，村容村貌明显提升，人居环境发生巨大变化。农田水利、道路交通、供电饮水、通信网络等基础设施大大改善。兴农种植专业合作社建立起茶叶、红薯、旱脆梨、百香果种植基地和农产品收购基地，打造出"隅乡情"品牌，村集体经济收入大幅增加，村民的幸福感明显提升。

习近平爷爷强调："要把红色资源利用好，把红色传统发扬好，把红色基因传承好。"通过今天的探寻之路，我深深了解龙华革命斗争是英德市革命斗争史的重要组成部分，我们要学习龙华人民坚定信念、百折不挠、敢于胜利的红色精神，为实现中华民族伟大复兴的中国梦而努力学习、奋斗。

参观革命烈士纪念碑有感

清新区第二小学 四（3）班 唐奕扬

2021 年 3 月 27 日　星期六　晴

今天上午，我和爸爸、妈妈去清新区五星庙仔岗烈士纪念碑参观。

一走进大门，"广东省红色革命遗址"几个大字映入眼帘，在阳光的照耀下显得特别有光彩。走进纪念碑前的广场，四周有十来棵挺直青翠的松柏树，像一个个精神抖擞的士兵守护着革命烈士纪念碑。纪念碑的四周有用白色大理石砌的护栏，烈士纪念碑高约十米，上面刻着"革命烈士永垂不朽"8 个大字，纪念碑的正下方刻有碑文，下面还摆着许多菊花。

看着烈士的简介，我的脑海里不禁浮现出他们的英勇画面：赖松柏为保护战友而被捕，于广州英勇就义，年仅 27 岁；赖德林于 1945 年春，在清远县党组织的领导下，不费一枪一弹，生擒伪军第四队 14 人，同年 5 月，他奉命率队攻打盘踞清城的日军，不幸大腿中弹、光荣牺牲，年仅 36 岁……这些烈士们，为了人民的幸福，付出了年轻的生命，我心中的崇敬之情油然而生。

在返回的路上，我看见了革命老区的新变化，听附近村民说，以前坑坑洼洼的黄泥路变成了今天平坦宽阔的水泥路；小溪被改造成鱼塘，里面的鱼游来游去，像小孩在水里游泳似的；周边的田地被改造成果园，里面有橘子树、青枣树、火龙果等，这些农产品大大增加了当地农民的收入，而且有些农民还到附近的工厂上班，收入提高了，每家每户都住上了新楼房，开上了小汽车。

啊！革命老区能有今天的变化，是革命烈士流血牺牲换来的，我们要珍惜今天来之不易的和平生活，做新时期的好学生。

指导老师：陈佩连

走进金坑基地　重温革命情怀

连南瑶族自治县淳溪小学　四（1）班　文俊源

2021 年 5 月 3 日　星期一　雨

今天，我和妈妈一起坐车到金坑游览，到了目的地，我第一眼就爱上了这个地方。

一下车，一座外墙是橙色、房檐是长鼓形的屋子展现在我们眼前。讲解员给我们解释道："这座房子记录着红军叔叔感人的故事。"我们跟着讲解员来到屋内，看到柜子里展示着战争时期战士们所使用的武器。柜子的上面挂着两三个牌圈，每一个牌子上都有一个感人的故事，让我印象最深刻的是"金坑反三征自卫队"。讲解员说："1949 年 7 月，中国共产党为开辟金坑、大小龙山这块粤桂湘三省接合部游击根据地，组织瑶族革命队伍支持武工队开展武装斗争，在连南瑶区金坑乡瓦角冲村插上中国共产党的第一面红旗。连江支队杨青山武工队派出武工队员黄安等人到了群众基础较好的瓦角冲，通过做瑶族同胞房文养、沈一公等人的思想工作，发动群众，成立了一支由杨青山武工队直接带领的金坑反三征自卫队，自卫队在队长房文养、副队长沈一公的带领下，拿起鸟铳、大刀、长矛和国民党做斗争，为连阳地薄区的解放做出了不可磨灭的贡献。"

此刻，我想起爷爷曾经对我讲，他年轻的时候也是一名解放军战士。当时条件很差，衣服和裤子都很薄，穿着草鞋。冬天的时候寒风刺骨，他们只能在寒风中前进，冻得手都发抖了，但他们却毫不畏惧，昂首阔步地前进，心中只有一个信念，那就是为了革命的胜利。我深深地被爷爷他们的革命精神所感动。我现在生活在新时代，国家安定，我们有宽敞的教室，不用面对枪林弹雨；我们有温暖的衣服，不用面对刺骨的寒风；我们有丰富的粮食，不用面临饥寒交迫。可是，我知道那是有人为我们负重前行，让我们生活在安定、温暖的世界中。

参观完金坑，我沉思：我们的生活是革命战士们用生命换来的，我们要珍惜，努力学习，将来才能报效祖国。

巾帼英雄向秀丽

清城区凤鸣小学　五（6）班　林丞泽

2021 年 3 月 28 日　星期天　晴

今天上午，迎着春风与朝阳，我和妈妈来到了清远市区内的向秀丽公园。

映入眼帘的是一座巨大的向秀丽雕塑，雕塑卜边写的是她生命中最悲壮感人的故事。读到一半，泪水已模糊了我的眼睛。我仿佛看到了向秀丽在用自己的身体与烈火展开殊死搏斗的情景……

我们走进向秀丽纪念馆，向秀丽生前的一幅幅照片和事迹简介吸引了我。讲解员对我们说，向秀丽出生于一个贫苦家庭，她的童年是在祖国灾难深重、烽烟遍地的日子里度过的。童年的她给地主家放过牛，进过火柴厂做童工，受尽了资本家的欺压……新中国成立后，她进入了广州和平药厂做包装工。通过新旧社会生活的对比，向秀丽知道了共产党是为人民谋幸福的。她第一个申请参加了工会，不久，还担任了广州何济公制药厂工会组织委员和基层工会的女工委员，还入了共产党。向秀丽成了工人们的骨干与榜样。

1958 年的 12 月 13 日晚，向秀丽和另外两名女工正在像往常一样忙碌地工作，一瓶酒精突然瓶身破裂，瓶里的酒精大量泄漏，流向附近正燃烧的煤炉，酒精马上燃烧了起来，眼看就要危及放在附近的烈性易爆物品金属钠，在这千钧一发的危急时刻，向秀丽挺身而出，侧身卧地，用身体截住燃烧的酒精，她对身边的工友说："别管我，快去叫人救火！"她为最终扑灭烈火取得了宝贵的时间，避免了一场恶性爆炸事故的发生。当车间主任和工友赶到现场扑灭火焰时，向秀丽的左手几乎烧焦，全身烧伤面积达60%以上。

在医院昏迷了三天三夜之后，她醒来的第一句话竟是："金属钠有没有爆炸？工厂有没有损失？工友有没有受伤？"自始至终，她心里装的是国家的财产和同事的安危，对自身的伤痛却只字不提！

经医院全力抢救，向秀丽在极度危险中度过了33天，最终因伤势严重，抢救无效，不幸牺牲，而当时的她年仅26岁……

向秀丽为抢救国家和人民财产英勇牺牲，她的事迹感动了全国人民，多位中央领导为她题词。2009年，她还被评为"感动中国的一百位英模"之一，这真是清远人民的骄傲。向秀丽在生与死的选项中，她毅然决然地选择了死亡，这是多么伟大的精神！这位巾帼英雄永远值得我们学习。

离开向秀丽公园，回望向秀丽那高大秀丽的塑像，我仿佛一下长大了许多……

指导老师：曾玉英

参观革命老区，铭记英雄故事

阳山县碧桂园小学　六（1）班　周颖

2021 年 4 月 18 日　星期日　小雨

今年是中国共产党诞生 100 周年。妈妈为了让我更深刻地了解革命历史，缅怀先烈，今天特意带我去黄坌革命老区，参观黄坌革命历史纪念馆。经过了大概一个小时的车程，我们来到了纪念馆。

纪念馆位于黄坌镇高陂村村委会桥头村。在纪念馆的旁边矗立着一座庄严而又神圣的纪念碑，上面写着"坚守高陂一百零八天战斗纪念碑"。我在想，当时我们的兵力在各方面条件都很差的前提下，我们的高陂人民是怎么做到坚守 108 天的呢？带着疑问，我迫不及待地走进纪念馆寻求答案。

刚进馆，几个鲜艳的红色大字映入我的眼帘——"不忘历史才能开辟未来"。说得太对了，只有铭记了历史，铭记了英雄，我们才会更加珍惜当下，才会不断努力创造，我们的祖国才会越来越富强。我继续往前走，一段段历史事件的记载，一幅幅先烈的图像，都深深地印在了我的脑海里。终于来到了"艰苦奋战108天"的展位前，我认真地读着展板的文字：1949年8月13日到11月27日，国民党军队对黄垒乡和高陂村发动疯狂围剿，武工队和高陂村民兵、群众在邻村各民兵中队支持下，奋力反击，坚守108天，抗击国民党军队数十次进攻，创造歼敌60多名、民兵仅伤亡4名的战绩，史称"坚守高陂108天战斗"。

看完介绍后，我情不自禁地大声说："好样的！"

这时妈妈说："其实历史上我军还有很多类似的以少敌多的胜利战役。""比如呢？"我瞪大了眼睛，期望着妈妈能给我多讲一些。然而，妈妈却和我卖起了关子："你如果有兴趣，可以自己去查阅相关的资料呀，亲自去查找资料，你会理解得更深刻哟。"我们从前言室、思源室、成果室，一直走到了后记室，完整地了解了黄垒革命老区的发展历程，圆满结束了这次红色之旅。我深深地感受到：胜利来之不易，幸福源于艰辛。

从纪念馆出来已经是中午12点了，外面依然下着蒙蒙细雨，我抬头看看天空，烟雨弥漫，但并不阻挡我一颗向阳的心。回程的路上，我们穿过街道，街上赶集的人很多，大家有说有笑，呈现出一幅国泰民安的繁荣景象。我坚信：在中国共产党的正确领导下，我们的生活会越来越美好！

指导老师：曹伟芳

阳山革命英雄朱永仪

阳山县碧桂园小学　二（1）班　龚睿晨

2021 年 4 月 4 日　星期日　阴天

今天，我来到了阳山县英雄广场，在革命烈士纪念碑前祭拜了革命烈士。在那里我知道了很多英雄的故事，有曹献贤、朱永仪、黄大钧……其中我印象最深刻的是为阳山人民翻身解放英勇牺牲的女烈士——朱永仪。我觉得她非常勇敢，为了国家的解放付出了自己年轻又宝贵的生命。

朱永仪 1944 年在台山县女子师范学习，毕业后到阳山县任小学教师，同年加入中国共产党。1948 年 6 月在"猛虎队"任卫生员，同年 11 月"猛虎队"进入阳山县黎埠、寨岗开辟革命根据地，遭到敌人围攻。12 月 11 日部队转移到鱼冲村北山隐蔽，因奸细告密，70 多人的"猛虎队"，被国民党及反动民团 1000 多人包围。在突围中朱永仪腿部中弹，无法行走，战士们要抬着她冲出重围。但她怕拖累部队劝说战友不要照顾她，战士们只好把她安置在草丛中，隐蔽起来。翌日上午，敌人上山搜索，朱永仪被捕，被捕后敌人对她用尽各种酷刑，但朱永仪坚贞不屈。12月底的一个晚上，国民党把朱永仪杀害，时年23岁。朱永仪的故事对我的触动很大，她对革命事业坚贞不屈、视死如归、舍己救人的精神，永远激励着我前进！

今天是清明节，我们在这里缅怀为新中国成立而牺牲的革命英雄，我们不会忘记他们的！习近平爷爷教诲我们："一个有希望的民族不能没有英雄，一个有前途的国家不能没有先锋。"正是无数先烈前赴后继，才有国家富强、人民幸福、生活小康的新中国。现在是和平年代，但是我们永远要铭记历史，我们不能忘记革命战争年代多少革命先烈前赴后继、鞠躬尽瘁，奉献了自己的生命，才有我们今天的幸福生活；我们也不能忘记"边关有我，祖国放心"的忠诚勇敢。世界从不平静，是有人默默守护，一代代军人以血肉之躯保卫边疆领土换来了我们现在的国泰民安。

少年强则国强，我要努力学习，丰富自己的知识，学好本领，长大了报效祖国！为祖国建设贡献一份力量，把我们的祖国建设得更加繁荣昌盛！

指导老师：李红

传承红色基因　争做时代少年

——致牺牲于第二次国内革命战争中的曾太公

清远市田家炳实验学校　四（9）班　黄一诺

2021 年 5 月 16 日　星期日　多云

　　今天，爸爸又和我讲起了曾太公的故事。爸爸说，曾太公当初背着家里仅存的谷米，离开妻儿，义无反顾地投身革命。小时候的我，总不明白，曾太公为什么会这样做，如今的我，长大了，终于理解了他当初的选择。

　　曾太公，处于当时之中国，内忧外患、苦难深重；他目睹了山河破碎，百姓流离；他虽是一介农夫，但也深知"天下兴亡，匹夫有责"。在面对"小家"与"大家"的抉择中，他和千千万万甘将热血洒中华的人们一样，毅然舍弃了自己的小家，投身于造福大家的革命事业中。

　　我知道，他们一路走来，真的很难。从南湖红船的启航，到南昌城头的枪响，从井冈山的星星之火，到二万五千里的漫漫长征，从艰苦卓绝的十四年抗战，再到解放战争的弹雨硝烟，多少像他一样的革命烈士们抛头颅，洒热血，舍生忘死，唯愿追求他们心中那可爱的中国。

于是我很想向曾太公和像曾太公一样的革命烈士们介绍百年后的中国的盛况。

如今，一切都如你们所愿。

你们看到了吗？当今的中国，已然不同，一代又一代的中华儿女秉承着你们的奋斗精神，不忘初心，砥砺前行。我们的国家在跨过一道又一道沟坎，取得一个又一个胜利后走出了属于自己的社会主义特色道路，擘画出实现中华民族伟大复兴中国梦的宏伟蓝图。

你们看吧！如今的中国，国之重器，上天入海，探索苍穹；超级工程，攻坚克难，刷新纪录；中国智慧，走出国门，惊叹世界；脱贫攻坚，惠泽百姓，助力复兴！

这一盛世，确实如你们所愿！

尊敬的曾太公，虽然，我只是通过爸爸、爷爷和太公了解到您。但是，您的精神，却会永远铭记在我的心中，必将会成为我前行路上的指路航标。我们今天幸福的生活是你们用生命和热血换来的。"吾辈必当自强"，我们必将传承你们的革命精神，努力学习，用科学知识武装自己，争做时代少年，为扛起民族复兴的大旗，为实现伟大的中国梦而奋斗。

我希望，今日我以您为荣，他日您也能以我为荣。

指导老师：阮卫雯

致敬英雄！

清城区先锋小学　六（3）班　胡文斌

2021 年 5 月 15 日　星期六　晴

今年是中国共产党成立 100 周年，为了缅怀先烈的丰功伟绩，弘扬革命英雄的伟大爱国主义精神，传承红色文化基因，今天，我和妈妈特意来到了清远市博物馆参观。

走进博物馆，映入眼帘的是"南粤赤子，铁血军魂——冯达飞专题展"几个醒目的大字，接着就看到了关于冯达飞前辈的简介。冯达飞是连州东坡镇人士，出生在 1901 年 7 月 31 日，是黄埔军校第一期毕业生，参加过广州起义，百色起义，中央苏区第二、三、四、五次反围剿，二万五千里长征和泾县战役。1942 年 6 月 8 日在上饶集中营茅家岭雷公山麓被秘密杀害，年仅 41 岁。

我们继续往前走，就是对冯达飞前辈的一些生平事迹详细介绍：冯达飞是土地革命战争和抗日战争时期杰出的将领，军事教育家，是中国共产党第一批学习飞行的党员，红军第一位飞行员被誉为人民军队航空先驱。在新四军教导总部培训军事干部五千人，为提高我军的军事素质做出了伟大的贡献。他真是了不起啊！我还了解到他在延安期间，和郭化若、陈伯钧等人合著了《抗日游击战争的战术问题》一书，1938 年出版，丰富了我党的抗日游击战争的军事理论。真是一个文武双全的人啊！

在博物馆里，我看到了冯达飞前辈的一封家书，表达了他对病重母亲的牵挂，但由于军务繁忙，不能回去探望，只能委托朋友照顾，还劝朋友，尚有余力，要为人民谋幸福。体现了他那种顾全大局的革命精神。当他在震惊中外的"皖南事变"中不幸被捕入狱后，在狱中他宁死不屈，真是一个大英雄啊！

参观完"冯达飞专题展"后，妈妈还带我了解了好几位革命英雄的事迹，他们都是为国家、为人民不怕牺牲，无私奉献的英雄！

当我从博物馆出来，心里久久不能平静，冯达飞革命前辈短暂、伟大又辉煌的一生，是多么感人！他伟大的革命精神深深地烙在了我心里，也让我明白了我们今天过着幸福美好的日子，是革命英雄用鲜血换来的！我们要致敬英雄，铭记英雄，更要弘扬他们的爱国主义精神，要努力学习，刻苦向上，将来为把祖国建设得更加繁荣昌盛而贡献一份力量！

指导老师：张桂花

缅怀革命先烈，传承红色基因
——记清明扫墓活动

阳山县实验小学　五（3）班　潘彦潼

2021 年 3 月 31 日　星期三　阴

今天，我们学校五年级的全体师生一起去了烈士陵园扫墓。

下午两点半，我们乘坐公交车从学校出发，来到了庄严宁静的贤令山英雄广场。全体师生整整齐齐地在纪念碑前庄严肃立。首先，由少先队大队长韩梦琪带领大家深情献唱《国歌》和《我们是共产主义接班人》。嘹亮的歌声，传达着全体师生对革命先烈们的缅怀和悼念，更表达着我们要做共产主义接班人的决心。

接着，由吴校长为我们讲述革命先烈的感人故事。从吴校长的介绍中，我了解到了连江支队冯光司令的英勇事迹。冯光司令十八岁那年就加入了游击队，后来在与国民党反动派的激烈战斗中光荣牺牲，年仅 28 岁。听了冯光司令的英勇事迹后，我们都对冯光司令肃然起敬。随后，党员教师在纪念碑前列队重温入党誓词，接着又轮到我们少先队员宣誓。师生们整齐的宣誓响彻整个英雄广场，引来了游客们的驻足观看，他们的神情也变得庄严肃穆，仿佛他们也在跟着默念誓言一样。

最后，老师组织我们绕着纪念碑慢走一圈。注视着烈士墓地，我的内心非常复杂，更多的是悲痛。正如吴校长说的，我们不是生活在和平的年代，而是生活在一个和平的国家！如果没有他们的付出，哪有什么岁月静好？哪来我们现在美好的生活？看着那些幼儿园小朋友们精心做好的纸花整整齐齐地摆在烈士墓碑两侧，我内心深处的那一根弦就好似被什么东西拨动了一下，感动之情如激流掠过心头。

在乘坐公共汽车回校的时候，我的内心久久不能平静。我想到了以前战士的生活是多么艰苦，再想想我们现在安定、和平的生活，备感幸福。我们作为新一代的中国少年，要继承革命先烈留下来的优良传统，我们要更加努力地学习文化知识，为将来建设祖国做出贡献。

红色之旅日记

阳山县碧桂园小学 四（5）班 邓珺洋

2021 年 4 月 4 日 星期日 晴

今年清明节假期，爸爸妈妈带我们去广州，参观了全国红色旅游景区——广州农讲所。

当我们走近农讲所，立即被大门右侧一幅醒目的牌匾吸引了眼球，上面写着"全国重点文物保护单位——广州农民运动讲习所旧址。一九六一年三月四日公布"。这些文字已经告诉我们这里具有重要的历史文化价值。走进大门，抬头一看，"番禺学宫"几个大字出现在我们眼前。据景点讲解员介绍，广州农民运动讲习所旧址原是番禺学宫（即番禺学府），1926 年 5 月至 9 月，由毛泽东同志担任所长的第六届农民运动讲习所在番禺学宫开办，由周恩来、萧楚女、彭湃、恽代英等共产党员任教员。来自 20 个省区的 327 名学生，在此学习农民运动的理论和方法，接受严格的军事训练，参加革命斗争。学员毕业后奔赴全国各地，领导农民运动，为中国革命事业做出了重要贡献。

走进农讲所的中心展馆，里面展览了许多图片和历史文物：有当时学员用过的学习和生活用品，如他们戴过的红领巾、战士们穿戴过的草鞋、草帽和他们吹过的军笛等，以及一个个曾经起草过的文件，还有动画演示毛泽东同志在为学员们上课的情景。看着这一切，我仿佛身临其境，感受到了炮火冲天，枪林弹雨的历史情景，感受到了战士们高度的革命爱国情怀，被他们追求理想、革命甘愿奉献自己的青春，甚至牺牲自己生命的情怀触动。

此刻，让我联想到了战国时期自投汨罗江的爱国诗人屈原，南宋时期精忠报国的爱国名将岳飞，宋朝末年立下壮言"人生自古谁无死，留取丹心照汗青"并以死报国的英雄文天祥，"把有限的生命奉献到无限的为人民服务中去"的雷锋以及我们伟大的科学家钱学森，他们的爱国故事又一一浮现在我的脑海里。虽然年代不同，事迹也不一样，但他们的爱国精神实质上是一样的，他们是中华民族的脊梁、祖国的骄傲，是我们学习的好榜样。

通过这次参观学习，我更加深刻了解到，农民运动问题在中国丰富历史进程中的重要地位，同时也接受了一次爱国主义与革命传统教育，我意识到，作为一名小学生，我们应该好好珍惜现在来之不易的幸福生活。

"三更灯火五更鸡，正是男儿读书时。"我们要努力学习，学好本领，将中华民族老一辈的爱国主义精神继续发扬下去，为祖国繁荣昌盛贡献自己的力量。

指导老师：梁素琴

人民共和国从这里走来

——记 2020 年国庆瑞金之行

阳山县碧桂园小学　五（3）班　谢宇彤

2020 年 10 月 4 日　星期日　晴

　　2020 年，是不平凡的一年，也是中华人民共和国成立 71 周年，国庆假期和中秋节碰巧连在一起，更增添了许多节日的气氛。整整 8 天的黄金周假期，爸爸说："要不我们全家人自驾出游吧，去领略一下祖国的大好河山。"妈妈说："既然是国庆假期，我们给孩子们来个爱国主义教育之旅吧。"于是，我们便收拾行李，第二天早晨就出发前往"共和国摇篮"——江西省瑞金市。

　　汽车飞驰在平坦宽阔的柏油路上，我一边看着窗外的风景、一边听着音乐、一边听着父母聊天，惬意极了。经过近 6 小时的车程，我们终于到达了瑞金市区。这时爸爸切换了车里的音乐，改成收听当地的广播频道，我刚好听到收音里有一段关于瑞金市的介绍："瑞金是著名的红色故都、共和国摇篮、中央苏区时期党中央驻地、中华苏维埃共和国临时中央政府诞生地、中央红军二万五千里长征出发地之一，是全国爱国主义和革命传统教育基地，是中国红色旅游城市……"透过窗外望去，远处几个红色的大字格外醒目："人民共和国从这里走来"。

第一站我们去的是瑞金共和国摇篮景区，由于新冠肺炎疫情防控的要求，购票入园需佩戴口罩、微信预约登记、出示健康绿码等，但这并不影响前来参观的游客们的热情，大家都非常配合，秩序良好。

进入园区后，我们跟随着参观的队伍，认真听讲解员介绍："20世纪初的瑞金，还是个相当偏僻、闭塞、落后、保守的地方，但是这里地处赣南东边、武夷山脉的西侧，这里重峦叠嶂，自古以来就是内地通向闽粤的通道，很早就被当年的革命领袖所重视。1931年11月，中华苏维埃共和国临时中央政府在瑞金成立，瑞金在中国革命历史上曾经写下了光辉灿烂的一页，有着重要的历史地位……"

跟随着队伍慢慢前进，我来到了红井，讲解员说："沙洲坝原是一个非常干旱的地方，不但无水灌田，就连饮用水都很困难。不知从何时起，这里就流传着一首民谣：'沙洲坝，沙洲坝，没水洗手帕，三天无雨地开岔，天一下雨土搬家。'雨过天晴、河场干枯，露出白白的泥沙，沙洲坝由此得名。"

1933年4月，毛主席来到沙洲坝后，工作之余发现沙洲坝群众都饮用池塘水，他把群众的利益挂在心上，在经过一番调查后，下决心解决群众的饮水问题。9月的一天，东方刚露出鱼肚白，毛主席领着警卫员来到驻地前的一块空地上，用锄头在适当的位置画了一个圈，作为井位，便抡起锄锹开始挖起来，并指示警卫员通知驻地机关的同志一起挖井。在毛主席的带领下，不几天时间，一口直径85厘米，深约5米的水井基本挖好。为了使泉水更清澈，毛主席亲自下到井底铺沙石和垫木炭，涓涓清泉从井底涌上来，人们双手捧着甘甜的泉水尽情地喝着，清清泉水滋润着人们的心田。

1950年，瑞金人民为迎接中央南方老根据地慰问团的到来，维修了这口井，并取名为"红井"，同时，在井旁立了一块木牌，写着"吃水不忘挖井人，时刻想念毛主席"。

听到这里，我忍不住把二年级学过的课文《吃水不忘挖井人》背诵了出来，我还站在红井旁边拍照留念。

后面我们还依次参观了中华苏维埃共和国中央执行委员会旧址（毛主席旧居）、中华苏维埃共和国中央革命军事委员会旧址、中共中央政治局旧址、中华苏维埃共和国财政人民委员部旧址等景点。

参观完共和国摇篮景区后，我的心情久久不能平静，我们能生活在如此幸福的时代，都是革命烈士们用鲜血换回来的。今后，我要更努力地学习，为祖国的繁荣富强、中华民族的伟大复兴而奋斗！

指导老师：甘宝卿

表演英雄角色　传承革命精神

清城区平安学校　四（1）班　区小丹

2021 年 5 月 22 日　星期日　晴

今天，我特别激动。

下午第一节课后，我们班的黄老师把我叫到办公室，告诉我学校要表演一个革命故事课文剧，让我扮演刘胡兰。刚接到这个任务时，我心里忐忑不安，老是在想，刘胡兰这个角色怎么演呢？我会不会演不好，被别人取笑呢？后来，黄老师看出我的担忧，便鼓励我："小丹，你平时朗读有感情，善于表达，而且上次班级故事比赛，你讲演得十分精彩，老师对你有信心，你一定能把刘胡兰这个角色演好的。"老师的鼓励让我渐渐有了信心。

为了让我们演好这个课文剧，黄老师先给我们观看了《刘胡兰》这部影片。我看了之后，深深被刘胡兰感动了，她才 15 岁，却为了保守党的秘密宁死不屈，面对敌人的铡刀，毫不畏惧，这是一种多么伟大的革命精神啊！看完影片后，我就暗暗下决心，一定要把刘胡兰这个角色演好。

　　黄老师把《刘胡兰》这个故事的内容打印出来，让我们读熟。遇到不太会读的字音，让我们查字典，注上音，多读几遍。她说："要演好课文剧，演员首先得发音准确，表达清晰。"然后，黄老师给我们分好角色，把每个角色的语言、动作、神态等用不同的笔画出来，耐心地给我们讲解，让我们理解并熟记。接着，黄老师还将角色一个一个表演给我们看。她那传神的眼神、形象的语言和丰富的表情，演得可逼真了，尤其是她演国民党军官张全宝的时候，更是把反动派的嘴脸演得惟妙惟肖，我们情不自禁地鼓起掌来。在黄老师的指导下，我越来越有信心演好刘胡兰这个角色。

　　黄老师还说，刘胡兰是个顶天立地的革命英雄，她是党的好女儿，连毛泽东爷爷都亲笔为她题词："生的伟大，死的光荣"！所以，我一定要认真排练，演好刘胡兰这个角色，不辜负老师的期望。更重要的是，我要让更多的人看到刘胡兰的英雄事迹，像刘胡兰那样，做一个热爱祖国、热爱人民的人。

参观向秀丽纪念馆有感

清远市田家炳实验学校　四（3）班　许昕皓

2021 年 5 月 15 日　星期六　晴

今天，我怀着崇敬的心情去秀丽公园参观向秀丽纪念馆。

向秀丽纪念馆是一座一层建筑，风格简朴庄重，令人肃然起敬。我来到门口，志愿者便热情地迎过来，对我说："小朋友，欢迎你来参观向秀丽纪念馆。"一进门，我便看到一个红色的屏风，上面是向秀丽烈士的纪念头像，下面写着：磊落光明向秀丽，扶危定倾争毫厘；一身正比泰山重，风格如斯世所师。让我心情澎湃的是最下面一行：涅槃凤凰，感动中国。是的，向秀丽烈士的英雄事迹的确感动了万千民众。

我含着热泪，认真观看了馆内播放的专题片《党的好女儿向秀丽》：1958 年 12 月 13 日晚，向秀丽正在和两个当班的工人忙碌地工作。可是，意外倒翻在地的酒精，被煤炉蒸发的热气点燃了，朝附近堆放着的易燃物迅速烧去。一旦发生爆炸，将会引起整个厂区以及附近居民区的重大火灾。就在这千钧一发之际，向秀丽毫不犹豫地扑向燃烧的酒精，她想用血肉之躯扑灭烈火，阻挡火势蔓延……被严重烧伤的向秀丽在生命中的最后一个早上，对医生说："医生同志，我还有几天才能下床走路啊？我什么时候能继续工作？"

看到这里，我已经泪流满脸……秀丽阿姨多么坚强，多么敬业，只有共产党员才能有这样坚强的意志和乐观的精神啊！我想到自己平时的学习态度，真的很惭愧，我遇到一点困难和挫折就会容易退缩和气馁。我缺乏的是吃苦耐劳的精神，怕苦怕累怎么能把自己的事情做好呢？秀丽阿姨的勇敢和坚强值得每个人学习。

走出纪念馆，我沿着阶梯向纪念广场走去，阶梯两旁的柏树好像两行站立整齐的战士守卫着这个神圣的地方。来到广场，映入眼帘的是向秀丽雕塑，她拿着书本，安静地坐在那里，默默地看着祖国大地。我热泪盈眶地鞠了一躬，我想对她说："尊敬的秀丽阿姨，您好！我们中国越来越繁荣，越来越强大了，请您放心！"

指导老师：刘敏芳

读红色故事《红岩》有感

清新区第四小学　六（9）班　黄媛

2021 年 3 月 14 日　星期天　晴

红色，一个热情似火的颜色；红色，一个充满活力的颜色；红色，一个能带给人温暖的颜色；红色，更是一个象征着革命的颜色。在今天，我看到这样的一个红色故事——《红岩》。

1948 年，解放战争正以雷霆万钧之势向前推进，反革命的最后堡垒重庆正处于全面包围之中，盘踞在这里的国民党反动派进行着垂死挣扎，而被关押在"中美合作所"集中营里的许云峰、江姐等共产党人，则同国民党反动派展开了一场胜利前光明与黑暗的殊死搏斗。

在读完《红岩》后，我的心情久久不能平静。这篇文章写了许多位革命英雄：里面的成岗对死毫无惧色；许云峰舍己为人；江姐受到敌人严刑拷打，却死也不说出军事机密；刘思扬出身于豪门，却愿意协助革命；渣滓洞的难友们团结奋斗，敌人全部慌了神。

想起自己平时遇到挫折时意志的不坚定，在集体生活中的斤斤计较，我羞愧极了，与先辈们相比，我是多么渺小呀！在危急之际，他们可以奉献出自己的生命，而我呢？在利益面前，考虑的首先是自己……从今以后，我要多向他们学习。

再回想起这次疫情，钟南山爷爷和防疫一线的医生就好比那时的革命英雄；那些借国难发财的人，就仿佛是书中甫志高的缩影。我们即使不能战在防疫一线，也要守住自己的良心，这，也是我们唯一能做的。所以，在防疫情时刻，我严格遵守国家要求，认真做好个人卫生，尽量不出门，出门戴口罩，平时勤洗手，不造谣……作为小学生，好好学习，遵纪守法，不添乱就是最大的贡献。

红色，一个革命的象征！红色故事，红色的传承，我们一定要记住这红色精神，珍惜现在的幸福生活，努力学习，长大后报效祖国！

指导老师：温桂平

牢记嘱托　感恩奋进

英德市第七小学　五（4）班　朱逸晨

2021 年 4 月 17 日　星期六　晴转雨

　　清晨的阳光，像是知道我要参加什么活动似的，透过稠密的树叶撒落下来，暖暖照在我身上。没错，今天我要参加的是碧善计划联合连樟村的童心港湾开展的"童心向党读好书·共庆建党百周年"志愿者活动。

　　瞧！一条柏油公路蜿蜒进村，路两旁郁郁葱葱，村委会楼顶上"永远跟党走"几个苍劲大字在阳光下灿烂夺目，是在欢迎我们的到来吧！

　　一下车，我们先到了舒适、宽敞的"连樟活动所"。在这里，我们将与连樟村小朋友一起，完成描绘"童心向党"主题长卷画和"亲子共读"《我的祖国》等活动。天安门、长城、飘扬的党旗、鲜艳的红领巾……一笔一画，描绘着我们灿烂的中国梦；"托起你小小脚丫和脚步的，就是我们的祖国妈妈……"一字一句，充满着我们对党和祖国的热爱与美好祝愿。

　　绘画完毕，退役老兵巫瑞孔爷爷专程来给我们讲述参战故事。

我听着听着，眼眶就情不自禁地湿润了：一个民族要历经多少苦难、艰难、坎坷，甚至奉献鲜血与生命，才换得祖国山河无恙、国泰民安啊！

下午一点钟，我们最期待的"寻宝"活动开始时，天空却下起了绵绵细雨，但这阻挡不了我们"寻宝"的热情。我们在连樟村小小导赏员带领下，一起踏寻红色文化足迹，"零距离"重走习近平总书记的调研之路，通过任务打卡的方式，寻找隐藏在连樟的六大宝藏。在寻宝的过程中我发现烟雨迷蒙笼罩下的连樟村秀美婀娜，处处生机勃勃：刻有"乡亲们一天不脱贫，我就一天放不下心来"字样的石碑前，游客在拍照留念；乡村振兴学院里，观众在了解连樟村的乡村振兴之路；灵芝公园里，中草药苗壮成长；扶贫车间里，村民穿着工衣赶货忙；特产街上，农副产品吐露芳香……

寻宝结束后，我没有找到物质宝藏。刚开始我十分失望，后来我恍然大悟，我们寻的其实是隐藏在连樟的六大宝藏：连樟人的"奋进""勤劳""感恩""待人和善"，以及连樟村的"绿水青山""地产丰富"。连樟人正是凭着"勤劳、奋进"的精神，牢记习爷爷留下的殷殷嘱托，在国家推动乡村振兴战略的引领下，脱贫提速，让连樟村上了小康"高速路"，让这个贫困落后的老区蜕变为全国乡村振兴样板区。

绵绵后龙山，悠悠连樟村。雨停了，雨后的连樟村，格外清新。远山雾气腾腾，在山峦和壑谷间久久萦绕，而笼罩在连樟村上的贫困的阴霾，却早已烟消云散。

我坐在回程的车上望"连樟客厅"楼顶上"牢记嘱托 感恩奋进"那八个熠熠生辉的大字，虽是渐行渐远，但它们却已深深烙印在我心中，闪闪发光，照亮我追逐梦想的步伐！

指导老师：朱远桃

一株美丽的"井冈兰"

清城区先锋小学 五（1）班 刘旻暄

2021 年 5 月 16 日 星期日 晴

像往常一样，宁静的夜晚，我拿起书，挑选我喜欢的故事。今天，我选一个红色故事，名为《双枪女将伍若兰》。选它，是因为这个名字让我想起，老师曾经说："兰花，被古人称为'花中君子'。"双枪女将的飒爽英姿和兰花君子的淡雅清香又会碰撞出怎样的故事呢？

故事讲述了战争时期，湖南耒阳县出了一名女英雄。她打起仗来左右开弓，双枪并发，十分勇敢。她就是"双枪女将"——伍若兰。美国著名作家史沫特莱在《伟大的道路》一书中曾这样形容伍若兰："她在农民中无人不知，是不怕死的农民组织者。"1929 年 2 月 4 日凌晨，国民党部队突然包围了红军宿营地。为了掩护战友撤离，伍若兰引开敌人火力，左右开弓，向敌人猛射，不幸中弹被捕。敌人为了从她身上挖出共产党的重要机密，用尽酷刑，都未能动摇伍若兰的革命信念。她在饱受折磨后说："革命一定会成功，你们一定会灭亡！要想从我嘴里得到你们想要的东西，除非太阳打西边出来，赣江的水倒流！"就这样，年仅26岁的伍若兰，被敌人残忍地杀害了，敌人甚至将她的头颅砍下来，挂在赣州城门示众。

读到这里，我的心一下子揪了起来，泪水涌出眼眶。原来，这就是习近平爷爷说的井冈山精神：坚定执着追理想，实事求是闯新路，艰苦奋斗攻难关，依靠群众求胜利！伍若兰用自己的火红生命告诉我们，只要坚持共产主义理想，不怕牺牲，面对敌人视死如归，面对困难敢闯敢干，就能换来胜利！伍若兰用自己的血肉之躯告诉我们，生生不息的红色使命，是我们不断强大的精神动力，是我们实现中华民族伟大复兴的力量源泉！虽然现在我们不用像伍若兰那样需要抛头颅、洒热血才能换来伟大革命的胜利，但是她所诠释的井冈山精神，将成为跨越时空的井冈山精神，引领无数中华儿女为实现伟大的中国梦而奋斗！

故事中有一句话，我记忆犹深，那就是："我宁死不屈！"这句话是伍若兰牺牲之前说的最后一句话。我再一次感叹："这是一株多么美丽、坚韧、勇敢的'井冈兰'呀！"这株长眠在井冈山上的英勇之兰不仅永远珍藏在老一辈无产阶级革命家的记忆中，也将永远绽放在世世代代中华儿女的心中，永不凋谢，流芳百世，长青万年！

指导老师：赵丽珍

阅读长征故事　传承红色基因

清远市新北江小学　六（2）班　童思睿

2021 年 5 月 1 日　星期六　晴

今天是"五一"劳动节，我国新冠疫情得到控制，人们出游的愿望强烈。因我的父母是医生要加班给市民接种新冠疫苗，没空带我出游，我借此机会在家读《长征故事》这本书。

书中"战地女杰——贺子珍"的故事讲述了：1935 年的一个晚上，女红军们拖着疲惫的身子赶到贵州盘县附近的五里排时遭到了敌机的疯狂轰炸，贺子珍连忙和警卫员一起组织战士们隐蔽。一颗炮弹落在了队伍的旁边，她义无反顾地扑到她照顾的伤员身上，用自己的躯体保护了伤员的安全。贺子珍倒在了血泊之中，头部、背部 14 处受伤。当时环境艰苦，医生只能取出表面的弹片，身体里的弹片无法彻底取出。看到这里，我被革命英雄、女中豪杰贺子珍舍己救人、坚强不屈的精神深深地打动。

长征途中，贺龙为了救护战士们的生命，把他心爱的枣红马杀了煮给战士们吃了。每天到宿营地，贺龙总是想方设法地钓鱼，几条小鱼熬成的汤，把饿晕的军团政委关向应救醒了，而贺龙自己却啃了三天皮带。贺龙这种不怕苦、不怕累以及先人后己、吃苦在前的精神永留我的心间。

还有一位红军老战士依靠在光秃秃的树干旁坐着，他一动不动，好似一尊塑像，身上落满了雪，无法辨认出他的面目，但可以看出他的神情十分安详，十分镇定……这就是长征途中把自己的棉衣让给战士，自己却被冻死的军需处长。这位军需处长是长征路上悲壮、感人的"风景"之一，是舍己为人的"标杆"。

红军长征途中可歌可泣的革命英雄故事数不胜数……记得基辛格在《论中国》中讲过这样一句话："中国总被他们最勇敢的人保护得很好。"确实如此，贺子珍、贺龙、军需处长……就是我们大中国最勇敢的人。

"苦不苦，看看长征二万五！"作为新时代的少年儿童，我为自己平时的娇生惯养——曾经对奶奶做的饭菜挑三拣四而羞愧。我们今天的美好生活是无数革命先辈们用生命和鲜血换来的，我们一定要好好珍惜！虽然现在是物质丰富的年代，我们也要发扬这种艰苦朴素的精神，珍惜粮食，开展光盘行动；学习先辈舍己为人的优秀品质。我们要将对革命前辈的敬仰之情转化为学习的动力，掌握本领，报效祖国，做优秀的红色基因传承者。

扬鞭跃马征程远，圆梦中华任在肩！一代人有一代人的长征，一代人有一代人的担当。今天，我们阅读长征故事，就是要弘扬长征精神，坚定信念，从长征精神中汲取前行的力量，努力实现"两个一百年"奋斗目标，为实现中华民族伟大复兴的中国梦而奋斗！

参观黄花存久洞

清远市佛冈县第一小学 五（6）班 刘彩彤

2021 年 5 月 5 日 星期三 晴

今天风和日丽、天气晴朗，也是五一假期的最后一天。我们一家三口开车去了离县城二十公里的黄花存久洞红色教育基地参观佛冈革命历史文化。

存久洞曾经是中国人民解放军部队的休整据点，也是佛冈重要的革命中心和佛冈县解放战争的游击区。

半小时的车程后，我们来到了存久洞村口，一个宽阔的广场呈现在我们的眼前，广场上面竖立着一座耀眼的雕像，上面站着五位伟大的革命战士，他们的手上拿着枪和大刀，前面还有一面鲜红的国旗。雕像后面是一条长廊，长廊里贴满了革命先驱画像及他们创作的革命诗篇。参观完长廊，我们向广场左边走去，爬过一个小坡，走过几间民房，看到一间保存完好的"培智小学"。培智小学建于解放战争时期，占地一百平方米。培智小学房屋依然保留着原有状态，包括机械库、飞鹰宿舍、灶台等。室内还陈列着当时的作战地图、水壶、军衣等历史旧物。小学旁边有一个博物馆，博物馆里挂着革命文物，还保留着革命时期的大刀、大炮。我们继续往前走，前面有一条清澈的小溪，还有用石头搭成的一座小桥。我踏上石桥，溪水在底下"哗啦啦"地流，如同音乐一般，真的好听。

参观完存久洞，我知道建设这个展览馆，是为了弘扬革命传统，传承革命精神，以真实的史料教育人民"不忘初心、牢记使命"，为实现中华民族振兴的梦想而奋斗。

黄花村存久洞的红色文化氛围浓厚，希望有更多的人来到黄花村，了解佛冈的革命历史，一起感受佛冈的红色文化和精神！

读故事　学雷锋

清远市华粤光明学校　四（4）班　邹锦轩

2021 年 5 月 15 日　星期六　晴

"呵，雷锋！你不为自己编歌曲，你不为自己织罗衣，你不为自己梳羽毛，你不为个人流一泪！"是啊！正如诗人魏钢焰所写，雷锋叔叔就是这样一个伟大的人。

今天，我阅读了《雷锋传记》，掩卷沉思，对雷锋叔叔的敬意又深了一层。

雷锋，原名雷正光。雷锋很小就成了孤儿，乡亲邻里好心收养了他。他长大后就当了一名解放军。

有一次部队发放军装，新兵中有位小战士说："要是军装能给我们多发几套该多好呀！即使将来离开部队回到家乡也可以继续穿。"这番话让当时路过的雷锋听到了，他听到新兵这样说心里很不舒服，于是用自己的行动表明了态度。

雷锋领取装备的时候说："我只要一套军装。"负责发放的司务长很纳闷，就问他："你为什么只要一套？每个人都是两套。

而且你身上这套又破又旧，已经不能再穿了。"而雷锋却说："别看我身上这套已经破旧了，可比我小时候的衣服好上千百倍呢。我只要一套军装一双胶鞋，等到军装换洗的时候我还穿这件。现在，国家需要建设，需要节约，剩下这一套军装就留给国家吧。"最终，雷锋真的就只领了一套军装，身边刚刚说话的小战士看到这一幕立刻脸红了，默默地低下了头。

　　雷锋叔叔已经离开我们近 60 年了，但他在短暂的 22 个春秋里做出了不平凡的事迹，这种默默奉献的精神，成了大家学习的榜样。这本书让我知道了：不管面对什么样的困难，都要选择坚持，做一个对社会、对国家有用的人，做一个心里时时刻刻装着大局的人。

红色之旅　洗涤心灵

清城区平安学校　四（1）班　韦慧怡

2021 年 5 月 15 日　星期六　晴

这个周末我过得特别有意义。因为我跟着爸爸、妈妈去参观了秦皇山革命根据地纪念馆。这是我第一次进大山，觉得一切都是那么的新奇、好玩。一路上，山路蜿蜒盘旋，道路两旁山清水秀，空气清新，环境十分优美。

秦皇山革命根据地纪念馆位于秦皇山山心村。在这里，我们听讲解员叔叔讲述了秦皇山的历史，以及这里的人民参与革命斗争的故事，还观看了当年秦皇山人民配合游击队跟日本鬼子作斗争的历史纪录片，我们都深深地被当地老百姓和游击队员不怕牺牲、英勇战斗的精神感动了。讲到动情处，讲解员叔叔还和我们分享了一段他当兵时的经历。他的一位战友，只有 18 岁，入党才两个小时，就在抗洪抢险中被洪水吞噬了年轻的生命。讲解员叔叔的深情回忆，把我感动得热泪盈眶，这是一位多么优秀、多么勇敢的共产党员啊，他是我们学习的楷模。

接着，我们还参观了纪念馆，里面张贴了许多照片和资料介绍，让我们对革命斗争的历史有了详细的了解。纪念馆还陈列了一些当年游击队用过的煤油灯、水壶、斗笠等物品，还有刀、枪等器械，原来当年的革命斗争生活是如此艰苦。

随后，我们还瞻仰了位于纪念馆旁边的粤桂湘边纵队秦皇山革命根据地纪念碑，这座纪念碑高大挺拔，矗立在苍翠的柏树林中，显得十分庄严、肃穆。看着纪念碑，我仿佛看到了当年这些革命先烈，为了驱赶帝国主义和打倒反动派抛头颅、洒热血的壮烈场景。

这次参观十分有意义，我终于明白了，我们今天的幸福生活是革命先烈们用生命换来的，我们怎能不好好珍惜呢？我们要好好努力学习，将来像他们那样报效祖国。

在即将离开纪念馆的时候，下起了大雨。看着纪念碑四周那被雨水冲刷的松柏，那苍翠的枝叶越发生机勃勃，我想，这次红色之旅，就像一场春雨，洗涤着我的心灵！

独爱那一抹"国旗红"

清远市华粤光明学校　五（4）班　彭章磊

2021 年 5 月 8 日　星期六　晴

我喜欢红色，而且特别钟爱"国旗红"，因为它如明亮的灯刺破黑暗，在成长的路上给予我信心和力量。在一个风和日丽的午后，我从书架上取下那本《毛泽东青少年时代的故事》，每当捧起这本沉甸甸的书，书中那一段段求学经历，一段段投身革命艰辛的路程，总让我感慨万千……

翻开其中一章《几本吸引着他的书》，毛泽东在他 16 岁那年读了一些呼吁救亡图存的小册子，其中有一本叫作《论中国有被列强瓜分之危险》。当时毛泽东心情十分激动，觉得"国家兴亡，匹夫有责"。而我每每读到这句，也总会心情激昂，那个年代的天空是灰色的，那个年代的少年承受太多的痛苦，而现在的我们，何其幸运，拥有美好的年华，可以从容地畅谈梦想。

"传承红色"这个词让我想起一段过往：2019 年 12 月 5 日，我们学校全体师生前往"韶关龙王潭"，接受"重走红色路，共

237

扬爱国情"的红色教育主题活动。那是一个阳光普照的冬日，我们在校长的带领下唱红歌，上红课，聆听校长红色教育讲话。会场上，大家都专心听，认真记。我还记得那一幅幅珍贵的图片，生动地再现了艰苦岁月里革命先烈不屈不挠的斗志，感动了在场的每一位。随后我们高唱《闪闪的红星》《我们是共产主义接班人》等红歌，手中挥舞着国旗，我思绪万千……

之后，我们还观赏了纪念亭，参观了会馆、学堂等红色教育基地，这次难忘的红色之旅，让我们重温了革命年代的血火岁月，我深刻感受到革命战争的胜利来之不易，要铭记历史，传承先辈精神，传播红色星火，争当新时代好少年，少年强则国强，少年富则国富……

总有一种力量让人继续前行；总有一种精神滋养我的成长。回顾那一趟红色之旅，我默默地合上了那本书，轻轻地把"国旗红"拥入怀中……

缅怀革命先烈 传承红色基因

——记清明节扫墓活动

阳山县实验小学 五（3）班 叶御珩

2021 年 3 月 31 日 星期三 阴

3 月 31 日下午，天空一片阴郁，仿佛我们的心情一样庄严肃穆。阳山县实验小学五年级的全体师生及全校党员教师近五百人列队来到阳山县贤令山英雄广场进行清明祭英烈活动，以缅怀长眠于地下的革命先烈。

当我们乘坐公交车抵达贤令山脚后，抬着花圈的队伍走在最前面，我们随着队伍登上一级又一级台阶。当我们登上一个广阔的平台时，赫然看见这里耸立着一座雕像。雕像展现的是三个战士正拿着枪跟敌人交战的情景，他们目光坚定，注视着远方，眼里似乎看到了胜利的曙光……看得我心里忍不住有些澎湃，脑海里不时涌现出激烈的战斗场面——这比之前看见过的刻在墙上的烈士们战斗的壁画壮观多了。第一次见到那么高大的雕像，而且还是英雄烈士们战斗的雕像，我心里充满着对英雄的崇敬！英雄雕像后面就是革命先烈们长眠的地方——烈士陵墓。他们长眠于此，也许早已听闻阳山人民远离战争，过上了幸福安定的生活了吧。

我们在广场上开始列队敬礼并深情献唱《国歌》和《我们是共产主义接班人》。铿锵有力的歌声里，传达着我们要继承革命精神的决心与信心，传递着我们做共产主义接班人的信念。随后是我们的校长发言。校长用低沉而有力的声音给我们讲起了革命先烈的光荣事迹，号召我们要学习先烈们的革命精神。从校长的介绍中，我了解到了冯光同志感人的英雄事迹：他年纪轻轻就肩负起解放阳山的使命，在战斗中，他不惧牺牲，最后为国捐躯，牺牲时年仅 28 岁！当今的中国日益强大，现在 12 岁的我，能做的是把书读好，用知识武装自己，为把中国建设成为科技强国出一份绵薄之力！

乘坐公交车回学校后，我心情仍然很沉重，因为烈士们为了建立新中国牺牲了自己宝贵的生命，那种理想和抱负值得我们永远铭记在心里。清明祭英烈活动让我深深体会到了烈士们宁死不屈、无所畏惧的精神。我觉得我们应该要像冰心奶奶所说的那样，"多读书，读好书"，将来为祖国做出更大的贡献！

重走红色之路

连南瑶族自治县石泉小学　六（1）班　房雨轩

2021 年 4 月 25 日　星期六　晴

2021 年，是中国共产党建党 100 周年，为了更好地弘扬红色文化、继承红色传统、坚定理想信念，今天，我在爸爸妈妈的陪同下，到连南瑶族自治县金坑红色教育基地参观学习，接受革命传统的教育。

我们来到了金坑村，"金坑村反三征革命纪念馆"这几个大字呈现在我眼前。在纪念馆里，整齐地摆放了许多历史文物、图片和英雄的感人事迹，如：有木制土炮、有各位自卫队队员的图片和精致的雕像，还有手枪、霰弹枪等。

看到这些，当年的情景涌上心头：1949 年 7 月，中国共产党为了清扫国民党残余部队，开展"反三征"活动。武工队员黄安等人做瑶族同胞房文养、沈一公等人的思想工作，成立了金坑反三征自卫队，自卫队在队长房文养、副队长沈一公的带领下，拿起鸟铳、大刀、长矛和国民党做斗争，为连阳地区的解放做出了不可磨灭的贡献。

通过参观学习，我深切感受到人民军队为取得革命胜利一往无前、不怕牺牲的大无畏精神，增强了爱党意识和家国情怀。我立志要向革命前辈学习，要爱党、爱国、爱人民。保护国家，保护人民。

现在，党和国家非常重视老区人民的生活，将金坑村红色基因和美丽乡村建设结合起来，打造金坑村红色旅游基地，同时金坑村人民大力开展"红色村"党建示范工程，将农村基层党组织建设与保护利用红色资源紧密结合起来，将"红色村"打造为红色资源丰富、时代特色鲜明、社会影响广泛的基层党建示范点和精准扶贫示范村。金坑村人民过上了幸福的生活。

学党史，跟党走

佛冈县第一小学　五（9）班　范惠柔

2021 年 4 月 28 日　星期三　晴

今天下午的第二节课，党史办的周爷爷来到我们学校为我们上了一节"学党史，跟党走"的党课，我的心久久不能平静。

周爷爷回忆说，1950 年春节刚过，佛冈的国民党反动派武装土匪的破坏活动就开始抬头，他们组成青年党反共救国军支队，纠集国民党的残余势力、地痞流氓、暗藏的特务分子，在佛冈发动武装暴乱，并在迳头镇进行反动宣传，煽动群众。

那一场仗打了四天三夜，经过激烈战斗，大部分土匪投降缴枪了。

佛冈县武装大队经过十个月的时间，消灭了几百名土匪，基本上肃清了佛冈的匪患，保卫了新生的人民政权和人民群众的生命安全。

中国共产党自 1921 年 7 月成立，转眼间已经风雨兼程地走过了 100 年。在这期间，中国共产党带领革命队伍与日本鬼子斗

243

争到底，把日本侵略者赶出了中国；与国民党斗智斗勇，建立了新中国。建国后，中国共产党和人民群众艰苦奋斗，把原来一穷二白的旧中国变成了今天富饶强大的新中国。今年是建党100周年。从毛泽东的"站起来"；到邓小平的"富起来"；再到习近平的"强起来"。我们的共产党历经磨难，遭受了许多挫折，但是，党砥砺奋进，所以才有今天的中国！

党为中国描绘了一个宏伟蓝图——美丽中国的梦想。谈到梦想，作为一个中国人，我们永远不会忘记自1840年鸦片战争以来，中国在西方列强的侵略下，签下了一系列不平等条约，丧权辱国，任人宰割。从那时起，国家富强，民族振兴，便成了一代又一代中国人的梦。

今天的生活是千千万万的革命战士用生命和鲜血换来的。此时，我想赞叹一句："您是沃土里的一颗种子，星空下的一颗宝石，党啊！您是我们心中最亮的星！"我们要好好学习，珍惜现在的生活，跟着党的脚步走，这样才不会辜负革命先辈们的期望！

红色旅程印记

阳山县杜步中心小学　五（3）班　李子琪

2021 年 4 月 10 日　星期六　晴

今天是星期六，放假了，妈妈带着我和弟弟去阳山玩。

一大早，刚起床，我和弟弟就兴奋地嚷了起来："妈妈，妈妈，快点出发啦！"妈妈微笑着说："知道了，就知道你们两个小鬼等得迫不及待了。"说罢，妈妈就去开车了。

我们一路都很兴奋，在车里叽叽喳喳地说个不停，望着车外的景色更是兴高采烈的，直到到了阳山烈士陵园脚下。

妈妈把车停在停车场，我们怀着激动的心情向烈士陵园走去。阳山烈士陵园坐落在贤令山南麓，坐北向南，占地约 10 公顷，陵园以大理石牌坊为正门，东西两边设侧门，在侧门框架镶有"英魂永在"和"浩气长存"，这八字立体篆书与坊门相映生辉。坊门内有一平台，簇红拥绿，花卉繁荣，正面嵌有大型石刻画，有 2000 余级整齐坚固的台阶，侧列翠柏，直贯纪念碑，象征先烈万古长青。

纪念碑雄伟庄严，高耸入云，顶端嵌插着一颗耀眼的红色五角星，碑正面刻着"革命烈士永垂不朽"。

纪念碑后面是烈士的陵墓，圆形、封顶，墓内放着烈士的遗骨，一片静谧肃穆。在台阶旁的山坡上建有一座纪念亭，是游览的好地方。

烈士陵园庄严肃穆，园中草木葱茏、鲜花似锦，更为贤令山添色增辉，满园苍松翠柏，点缀着簇簇鲜花，与亭台楼宇浑然一体。园内宽阔的墙壁上，是一组大型浮雕，题名为"铭志颂"，这三字为我国著名书法家关山月所题写的。

望着这一幅幅动人的浮雕，我心情久久不能平静，眼前浮现出烈士们那英勇杀敌的场景……我情不自禁地向烈士们深深地鞠了三个躬，弟弟见了，也学我一样鞠起躬来。

我踏着坚定有力的脚步向烈士陵园山脚下走去。

通过这次对烈士陵园的参观，我知道，我们有今天幸福的生活，都是烈士们英勇杀敌，流血牺牲得来的。我暗暗下决心，从现在开始，努力学习，将来做对祖国有用的人。

指导老师：黄黎明

记"缅怀烈士"活动

阳山县七拱中心小学　五（6）班　成晓慧

2021 年 4 月 6 日　星期二　晴

早晨，天气晴朗。我们七拱中心小学党支部和少先队开展了一次"缅怀烈士"活动。

一大早，我穿着整洁的校服，戴着鲜艳的红领巾，兴高采烈地走进校园。走进教室时，教室里已经有不少同学了，他们都很兴奋，为能够参加这次"缅怀烈士"活动感到光荣。

早上 8 : 20 分，我们五六年级 5 班和 6 班共四个班级就在操场集合。活动主持人跟我们说了议程和注意事项之后，我们就整装向七拱烈士陵园出发了。

一路上，我们怀着肃穆的心情缓慢前行。途中经过七拱大街，街上车水马龙，欢声笑语，热闹非凡，街两旁楼房林立，店铺生意兴隆，一派欣欣向荣的景象。大约行走了 20 分钟，我们就到达了目的地——七拱烈士陵园。

我们怀着崇敬的心情列队站在革命烈士纪念碑前。"缅怀烈士"活动由主持人宣布开始：一是党员代表向烈士敬献花圈、少先队员行队礼。二是全体师生向烈士三鞠躬。三是梁主任致追悼词并介绍了王福和王成支两位烈士的事迹，他语重心长地说："我们今天站在这里，为的就是纪念先烈们，如今的祖国是他们用流血牺牲换来的，祖国的富强、人民的安居乐业都是他们用血肉和生命换来的！"最后他还勉励我们少先队员要努力学习，天天向上，长大后为祖国做贡献。四是校长发表重要纪念讲话，他说："革命烈士为了祖国人民的解放事业英勇牺牲，我们要心存敬意，心怀感恩，了解他们的先进事迹，学习他们的奉献精神。"最后，他勉励同学们，要珍惜现在来之不易的幸福生活，勤奋好学，大胆创新，学好知识，争当社会主义的建设者和接班人。接着，学生代表讲话并齐唱中国少年先锋队队歌。活动最后，师生代表绕烈士墓一圈后，列队返回学校。

此次活动，师生接受了一次深刻生动的革命传统教育和爱国主义教育。同学们纷纷表示要继承和发扬革命先烈们顽强不屈、勇于奉献的革命精神，努力学习，绝不辜负先烈们的期望。

记祭拜七拱革命烈士

阳山县七拱中心小学 六（5）班 黄家杰

2021 年 4 月 6 日　星期二　多云

今天是一个特殊的日子。因为我们五六年级几个班要去七拱镇烈士墓拜祭革命烈士。

早上，我们排队到了操场。出发前，陈主任严肃地提出了两点要求：第一，要听从老师的指挥，一定要注意安全；第二，一定要严肃地对待此次活动。

陈主任讲完话后，我们就出发了。我们一路上穿过大街小巷，来到了英雄纪念碑前。只见一块约三米高的纪念碑，呈梯形，上窄下宽，顶上立着一颗硕大而亮闪闪的五角星，碑上书写着七个金灿灿的大字："革命烈士纪念碑"。

我们在老师的指导下排好了队，由陈主任主持这一次的活动。很快进入第一个环节：献花圈。陈主任说："请两位学生代表献花圈给革命烈士。"话音刚落，就看见两位同学抬着花圈走到碑前，把花圈恭敬地放下。随后陈主任指引我们，让我们给革命烈士鞠三次躬。

鞠躬完毕后，陈主任说道："好，下一个议程：唱队歌。"随后队歌的前奏响起，我们激动地唱着队歌，歌声嘹亮，气势磅礴。

唱完队歌后，陈主任说："有请梁主任上台讲话，大家掌声欢迎。"我们热烈鼓掌，直到梁主任走到台上，我们才停止。梁主任说："在解放初期，王福和王成支烈士因接到上级通知来七拱剿匪而负伤，最后牺牲了，他们是人民的英雄……"我们听着，崇敬之情油然而生。他介绍完之后，我们热烈鼓掌。

紧接着陈校长上台讲话。校长说："你们是祖国的花朵。所以，你们一定要好好学习，将来为祖国多做贡献，向革命烈士学习。"

校长讲完后，陈主任说道："刚才校长所说的话，希望你们能铭记在心，不辜负校长的期盼。好，下面有请少先队员代表上台讲话。"只见少先队员代表昂首挺胸地走到队伍前面，敬礼、鞠躬后，就开始演讲："……在此，我代表全体少先队员表决心，一定要好好学习，将来为祖国多做贡献。"

在回校过程中，我的尊敬之情并未消散。革命烈士们，他们用自己的血肉之躯来捍卫国土。我们作为新生代，一定要向老一代革命烈士学习，将来为祖国做出贡献。

参观红色教育基地有感

阳山县太平中心小学　四（2）班　毛雨晴

2021 年 4 月 18 日　星期日　有雨

今天下午，爸爸、妈妈、我还有弟弟一起到阳山县城参观红色教育基地。

一路缓步向前，爸爸抱着弟弟，一边为我撑伞，一边给我讲述革命烈士的英勇事迹：

梁泽英烈士是阳山县小江下坪村人，1920 年生，是"牛岩八结义兄弟会"成员。他 1944 年参加"青抗会"；1946 年参加共产党；1948 年 7 月 15 日参加阳山人民武装起义，任阳山人民抗征自救队猛虎队排长；同年 12 月随队开赴寨岗开辟新区。在鱼冲突围战斗中，遭到国民党重兵包围，梁泽英与战友钟灵、冯唐等突围后撤到广宁，在广宁被国民党逮捕杀害，年仅 28 岁。

潘贻燊烈士 1948 年 9 月参加连江支队猛虎队手枪队，1948 年 11 月在寨岗鱼冲突围时被捕，遭受严刑拷打，宁死不屈；同年 12 月下旬，在阳城螺旋岗下（今阳山宾馆门口）牺牲年仅

15 岁。

江风烈士 1946 年 9 月在"粤赣先遣支队"手枪队工作；1947 年秋任"飞虎大队"中队长；1948 年秋调任佛冈县人民义勇大队副大队长；同年 11 月 18 日，江风烈士在翁源县新江渔溪径口遇敌，战斗中不幸中弹牺牲，年仅 23 岁。

朱永仪烈士 1948 年 11 月随队参加寨岗鱼冲战斗，因大腿受重伤被捕，受尽酷刑宁死不屈。同年 12 月下旬，在阳城螺旋岗下被杀害。她抢在敌人枪声响起前高呼"共产党万岁"，牺牲时年仅 23 岁。

参观过程中，一个个先烈的英勇故事让我懂得了共产党红色精神的内涵：乐于吃苦，不惧艰难的革命乐观主义；勇于战斗，无坚不摧的革命英雄主义；重于求实，独立自主的创新胆略；善于团结，顾全大局的集体主义。"一不怕苦，二不怕死"，最显著的特点就是革命英雄主义精神。红色精神是中华民族百折不挠、自强不息的民族精神的最高表现，是保障我们革命和建设事业从弱小走向强大的精神力量。

参观完阳山红色教育基地，我深深地感受到共产党的伟大。共产党员勇敢斗争、不畏牺牲的精神深深地打动了我。

指导老师：陈海群

红色之旅

连南瑶族自治县石泉小学　六（4）班　靳帅

2021 年 4 月 11 日　星期日　晴

今天，我和爸爸妈妈踏上了红色之旅，目的地是连南县金坑红色基地。

到了目的地，一下车，映入眼帘的就是红色文化博物馆，里面排列着无数承载着红色记忆的物品。进入博物馆，第一个呈现在眼前的就是连南瑶乡的第一面红旗，望着这面红旗，我马上想到了解放军叔叔当年扛着这面红旗出生入死，为老百姓打江山的情景。我情不自禁地向这面红旗郑重地行了一个队礼。听介绍员讲，1949 年 7 月中国共产党为开辟金坑与大小龙山这块粤桂湘三省接合部根据地，组织瑶族革命队伍支持武工队开展武装斗争，在连南瑶区金坑乡瓦角冲村插上第一面红旗。杨青山武工队派出武工队员黄安等人到了群众基础较好的瓦角冲，通过做瑶族同胞房文养、沈一公等人的思想工作，发动群众，成立了一支由杨青山武工队直接带领的金坑反三征自卫队，自卫队在队长房文养、副队长沈一公的带领下，拿起鸟铳、大刀、长矛和国民党做斗争。最终把敌人击退了，从此敌人不敢再来侵犯瑶寨。

沿着山路向上走，在路边，我看见了数不清的土坑，听爸爸说，那是地道。战争时期敌我武器装备差距悬殊，所以我军创造了一种战术，叫作地道战。在地道里，我军神出鬼没，把敌人打得措手不及，敌人就算有再好的武器装备，也无济于事。到了山顶，我看到了许多铜像，战士们手持大刀、长矛、猎枪、手枪，身子向前倾，好像在向前方冲去，嘴里仿佛在喊："打倒国民党反动派！滚出我们的瑶乡！"

在碑文附近，还有一面墙，上面刻了入党誓词，我怀着崇高的敬意，站在永不褪色的誓词墙前合了影，意在让自己不要忘记革命烈士的精神。这次金坑之旅，让我对红色精神又有了深一层的理解。我暗下决心：一定要好好学习，掌握更多的知识，将来也要像先烈们那样为祖国贡献自己的一切。

鹰扬关之旅

连南瑶族自治县石泉小学　六（2）班　曾陈悦

2021 年 3 月 21 日　星期日　晴

　　今天阳光明媚，我非常高兴，因为我度过了一个有意义的周末——爸爸妈妈带我去鹰扬关参观，了解红色革命故事。

　　鹰扬关位于连山永和镇上草村。打开地图，我们可以发现连山处于粤桂湘交界处，所以连山县又有一脚跨三省之美誉。

　　鹰扬关地形险要，有"粤北第一险关"之称。据连山地方志记载，南宋名将岳飞曾率大军驻守过此地；太平天国石达开曾率兵在此激战，抗击清军。邓小平同志也曾领导红七军来过此地……红军英勇无畏的精神值得我们学习，我们要像英勇的战士一样，团结一心，共同面对困难。

　　如今，站在鹰扬关前的碉堡上，历史的硝烟早已飘散。但这里依然可以看到历史遗留下来的痕迹。漫游鹰扬关，最先看到的是在下面的长方形石壁上采用阴文刻着"红七军路过此关"几个血红大字。后面是一个结合了碉堡和凉亭建筑的高台，台前刻着

"鹰扬关"三个大字。鹰扬关所在的岭上、山坡上，不时可见碉堡群、城墙和铁索桥。看着满山的红色印记，仿佛回到那充满了呐喊、厮杀的战场。

今天的鹰扬关之旅让我了解到红色革命战士的事迹。我们要不忘初心，牢记历史的使命，把红色精神传下去。

游安田战斗旧址有感

连南瑶族自治县石泉小学　五（2）班　邬梓航

2021 年 5 月 2 日　星期五　晴

　　我的家乡安阳，有一个红色革命遗址——白屋，游击队叔叔曾经在这里驻扎。

　　让我来说一说这个革命遗址的由来吧！寨岗的"红"村的历史变迁：在解放之前，安田村与老虎冲、塘凼、板洞、中心岗、三洲及金鸡磅自然村构成一个完整的革命根据地，在党的领导下，建立革命政权一年多，进行了一系列革命斗争。1945 年 8 月，在中共连阳中心县委的部署下，建立黎埠虎岗中学党支部，在党支部的领导下，1947 年 6 月，共产党员麦浪到该地区秘密组织"农会"，大力宣传反对国民党政权的"反三征"革命活动，"反三征"分别是反征粮、反征税、反征兵。遵照毛主席关于"枪杆子里面出政权"的教导，在上级党组织和农会的统一部署下，1948 年 8 月开始，以农会会员为骨干，发动革命群众，积极筹集枪支弹药，组织民兵武装，在整个人民政权的建立过程中，民兵武装力量起到了骨干先锋作用。在党的领导下，特别在连江支队"猛虎队"、钟文靖武工队的领导下，自1948年10月起，先后进入寨岗山区后，遵照毛主席关于"一切权力归农会"的教导，建立了"农会"，在部队的支持下，以民兵为骨干，由"农会"领导和组织进行了一系列的革命斗争。

今天，安田村的精准扶贫和帮扶任务已经完成了，大家都过上了幸福的生活。在我的读书路上，我们一定好好学习，以饱满的热情，昂扬的斗志，创新的精神，努力学习，以后的中国就让我们来守护吧！

追寻英烈的踪迹

清新区第二小学 四（8）班 江泽梵

2021 年 3 月 25 日 星期四 晴

"没有共产党就没有新中国……"今天，我又听到这深情的颂歌，我的心情久久不能平静。

翻开中国波澜壮阔的历史画卷，一幕幕又浮现眼前：那一年，鸦片被外国当成杀人不眨眼的武器偷运来中国，林则徐虎门果敢销烟；那一年，二万五千里长征的壮举粉碎了多少人的狼子野心；那一年，美帝国主义把战火烧到了鸭绿江，我援朝大军奔赴战场，英勇杀敌的壮举把敌人吓破了胆；那一年，对越自卫反击战，我们又用血肉之躯守卫寸土不让……

今天，坐在宽敞的教室里，四周偶尔听见一阵翻书声和笔尖飞速划过纸张的声音，窗外是一片春天生机勃勃的景象，在这优美的环境里，我们快乐地学习生活：我们倾听老师的谆谆教导，时而沉醉在书的海洋里汲取精神营养，时而与同学们在操场奔跑跳跃锻炼身体，时而伴着琴声高低婉转抑扬顿挫地歌唱……我们像一只只快乐的小鸟，飞翔着、成长着；节假日，有时我也跟随爸爸妈妈欣赏祖国大好河山的壮美迷人，去各种科技馆感受祖国科技的日新月异，去博物馆领悟前人的智慧……祖国的辽阔壮美，祖国的崛起和强大，让我大受震撼。

回首当年，我们的祖国，千疮百孔，饱经风霜，我们作为中国人，没有一个不为此而痛心。土地革命、抗日战争、解放战争……其中有多少英雄做出了牺牲！伟大的共产主义战士方志敏曾说过："清贫、洁白朴素的生活，正是我们革命者能够战胜许多困难的地方。"刘胡兰是"生的伟大，死的光荣"，她牺牲的时候，跟我们一样大；江姐说过这样一句话："毒刑拷打那是太小的考验，竹签只是用竹子做的，共产党员的意志是钢铁铸成的！"一个个铁骨挺拔的形象，深深印在我的心里。

追寻英烈的踪迹，总有很多事令人感动。放眼现在，许多沉睡的英魂仍然激励着我们。今天，我们少先队员来到清远市清新区山心这个革命老区，为钟惠民、钟霞等一批革命烈士献花致敬，到中国人民解放军粤桂湘边纵队司令部旧址及秦皇山根据地纪念碑参观扫墓，瞻仰革命先烈的容颜，细读他们英勇伟大的事迹，谁不感叹我们中华儿女爱国之心坚定无畏？沐浴在先烈用鲜血换来的幸福光环下，怎能无动于衷？

"少年强则中国强"，在党的温暖下，在习近平总书记的正确领导下，我要把一个少先队员的心声告诉我们伟大的党和亲爱的习总书记：我已成为一名光荣的少先队员，少先队是我们中国未来的栋梁、有力的后盾，我一定以此为动力，牢记中国峥嵘历史，珍惜今天幸福生活，不断鞭策自己，从身边小事做起，立德做人，立志报国，努力学习，长大后为祖国的繁荣富强献出自己的一份光和热。

我心中的共产党

英德市大湾镇中心小学　三（7）班　谭欣悦

2021 年 5 月 7 日　星期五　晴

小时候，我在歌里听见共产党的名字："没有共产党就没有新中国"让我知道党存在的意义；"唱支山歌给党听"是对党的尊敬。我对共产党的认识从那时开始。

长大后，我发现共产党员就在我的身边。妈妈是一名教师，虽然放假了，但经常回学校加班，总是很晚才回家。我问妈妈："为什么您总说要加班，其他老师却不用加班呢？"妈妈告诉我说："因为我是一名共产党员。"我对共产党的认识又上了一层楼，共产党员就是吃苦在前，享乐在后的。

后来呀，我发现共产党员就在我们生活中。在 2020 年里，我们全国上下与新冠肺炎疫情进行着一次无硝烟的战争，无数共产党员主动请求到一线支援。他们为了人民的健康，为了国家的安宁而去战斗。为什么我们能够战胜疫情？就是因为有无数共产党员无私奉献，有共产党的正确领导，全国人民团结一心、跟党走，最终取得了胜利。

共产党就是我心中的骄傲！长大后，我要像妈妈一样，成为一名共产党员，为人民、为祖国贡献自己的力量。

吃水不忘挖井人　革命精神我传承

英德市大湾镇中心小学　五（9）班　王梓琦

2021 年 4 月 2 日　星期五　晴

"没有共产党就没有新中国……"伴着四月轻柔的晨风，哼唱着激动人心的歌曲，和煦的阳光映照在我们每个人的笑脸上。今天，在学校的组织下，我们来到了大湾镇革命烈士纪念碑前开展清明节缅怀革命先烈的主题活动，在活动中，我所受到的教育及启发，一直久久激荡在我的心间。

早上九点整，我们排着整齐的队列肃立在革命烈士纪念碑前，环顾四周，一棵棵青翠的松柏挺立在纪念碑周边，仿佛是一个个威严沉默的士兵，在守卫着烈士们的陵墓。在岁月的洗礼中，灰白色的纪念碑上已有了些斑驳的痕迹，但它所显示出来的庄严雄伟的革命英雄气势却仍丝毫未减。

活动中，老师给我们讲述了大湾镇的那一段动人的红色历史："1950 年，当时大湾虽已解放，但仍有国民党残余势力，为肃清匪患，中国人民解放军粤北军分区派遣第十二团进驻大湾，经过几个月的激战，残匪终被全部消灭，而我军某连指导员高凤章、连长赵文山、副连长孟显春、班长华国强、通讯员范秀奎和罗北水六位同志壮烈牺牲……"在老师的讲述中，我不禁流下了眼泪，望着庄严肃穆的革命烈士纪念碑，我思绪万千，仿佛老师所讲述的那段历史中的人物，一个个地不断浮现在我的眼前，猛烈的炮火，英勇的烈士，冲锋陷阵的呐喊声，此起彼伏……是啊！没有当年这些革命烈士的英勇献身，又何来我们今天幸福安定的生活呢？

随后，庄严的国歌响起来了："起来，不愿做奴隶的人们，把我们的血肉，筑成我们新的长城……"振奋人心的歌声回荡在烈士纪念碑的上空，我的脑海中不断地浮现着课本上那一个个革命故事：抗日英雄王二小舍身与敌人周旋，多么令人敬佩；人民英雄董存瑞冲锋陷阵炸碉堡，让人肃然起敬；宁死不屈的夏明翰英勇就义时大义凛然，让人潸然泪下……一段故事就是一段历史，一位英雄就是一支可歌可泣的赞歌。是啊，我们不应该忘记那一段段红色记忆，不应该忘记革命前辈为建立新中国抛头颅，洒热血的那段悲壮岁月。

最后，我们为革命烈士献上了鲜花，寄托哀思，在绕场一周瞻仰烈士纪念碑后，我们结束了本次祭英烈活动，但此次活动所带给我的教育及启发，仍萦绕在我的脑海里……

"少年强，则国强，少年富，则国富。"作为新时代的青少年，我们应该发奋图强，好好学习，传承艰苦奋斗的革命精神，激励自己不断前进，为祖国将来的繁荣发展，贡献自己的坚实力量！

记一次有意义的红色教育活动

清远市清新区第九小学　六（4）班　梁金娣

2021 年 3 月 25 日　星期四　晴

今天早上，阳光明媚，鸟语花香，我们乘坐大巴来到了庙仔岗烈士纪念碑。

我们站立于清新区太和镇庙仔岗烈士纪念碑前，精神抖擞地唱着我们的国歌："起来，不愿做奴隶的人们……"这雄伟的声音仿佛要把我们对祖国的热爱、对烈士的崇高敬意通过歌曲表达出来。献歌环节结束，我们就为烈士们献花。我们拿着鲜花，排着整齐的队伍先绕纪念碑走了一圈，然后对着纪念碑献上鲜花并深深地鞠躬。一系列的环节结束后，我们参观了基地上的烈士英勇事迹介绍。默默地看着那些烈士名单以及他们的英勇事迹，我的内心无比激动，更深刻地认识到我们如今的幸福生活是多么的来之不易呀！

参观完纪念碑后，我们又乘车来到了清远市中共党史教育基地。在基地上我们继续参观着革命烈士事迹简介，想到革命烈士们的英勇悲壮，我的内心充满了对敌人的愤怒，久久不能平息。其中有一名烈士令我印象深刻。赖松柏是清远农民运动的先驱，土地革命时期曾于 1928 年初转移到香港，找到党组织后又潜回内地秘密活动。因遭到敌人追捕，他被迫四处转移，同年春夏间和一些同志到广州沙河瘦狗岭以打工为掩护，伺机组织暴动。然而他们不幸被叛徒出卖，被国民党军警抓捕。在生死关头，赖松柏为了掩护其他战友脱险，挺身而出走向敌人。他被捕了，其他同志趁乱脱险了。赖松柏被捕后关押在广州监狱，受尽严刑拷打，但他依然宁死不屈，始终未透露我党的丝毫秘密。不久，赖松柏被国民党反动派枪杀，英勇就义，年仅 27 岁。在他身上彰显出了共产党员顽强不屈的精神！

英雄们啊，我感谢你们！感谢你们用自己宝贵的生命换来我们今天的和平生活。我们会一直牢记使命、砥砺前行！

为人民服务的平凡英雄

清远市清新区第四小学　六（8）班　李晓炀

2021 年 3 月 14 日　星期日　晴

偶然的一次翻书，让我对张思德有了新的认识。为了进一步了解这个人，今天，我特意观看了《张思德》这部电影。

在抗日战争后期，延安正处于热火朝天的大生产运动中。勤务兵张思德为人老实，不善言辞，做好事从不邀功，工作任劳任怨，一心一意为革命事业奉献自己。一次合唱表演，毛泽东注意到了这个憨厚朴实的勤务兵。而后的几次接触中，毛泽东给张思德总结了他最大的缺点——不善言辞，同时毛泽东表示这也是他最大的优点。1944 年，为了解决中央机关冬季取暖问题，张思德带领一班人到安塞县烧木炭。在一次烧炭中，炭窑突然崩塌，张思德不幸牺牲……

毛泽东在张思德的追悼会上说："张思德同志是为人民利益而死的，他的死是比泰山还要重的。"

他是个富有爱心的人。无论谁遇到困难，张思德总会及时出现，了解他们的难处，用他最朴实的方式，给予他们力所能及的帮助，温暖他们的心。

他是个谦逊正直的人。他从不以资历为名抬高身份，也从不向组织提任何要求，总是任劳任怨地埋头苦干。

他是个勤奋质朴的人。他总是埋头干着别人不愿干的脏活累活，也总是站在黄土地里憨厚地笑着。

张思德同志的一生称不上轰轰烈烈，他总是在站岗、扫地、烧炭、打水的琐碎的事务中乐此不疲，直到年轻的生命戛然而止。

张思德虽然早早地离开了我们，但他留下了最宝贵的精神财富。公忠体国，心无杂念，以服务人民为己任，只求奉献，不图回报。这样一个人，相对"干革命背个秤盘子，走一步称一步，看自己吃亏了没有"的那种人，不知要高尚多少倍！

在我们身边，有许许多多像张思德一样的人，他们默默无闻地付出着，不求回报地奉献着。愿张思德同志的英灵和精神永远与我们同在，让我们学会勇敢、勤奋、奉献，学会为人民服务！

没有共产党就没有新中国
——读《董存瑞》有感

英德市浛洸镇第二小学　六（6）班　曾嘉维

2021 年 4 月 11 日　星期天　晴

　　今天，当我读完《董存瑞》这本书时，心潮澎湃，深深地被董存瑞的英勇献身的精神所感动，情不自禁地感叹："没有共产党就没有新中国！"

　　1921 年，中国共产党诞生了，经过 28 年艰苦卓绝的斗争，中国实现了翻身解放与独立自主，逐渐繁荣富强起来。而在这段令所有中国人都不能忘记的历史中，也出现了许多英雄的英勇背影，董存瑞就是其中一位。

　　故事讲述的是 1948 年 5 月的一天，在解放隆化的战斗中，董存瑞为了把最后一个碉堡炸毁，做出了英勇的抉择。董存瑞在其他战友的掩护下冲到桥下，他发现桥下无法放置炸药包，就用枪托拼命地砸，可是却没能砸出放置炸药包的坑。正在这时主攻的号角吹响了，他看见很多战士被敌人的枪击中，为了不让更多战士牺牲，他毫不犹豫地左手举起炸药包，右手引燃导火索并高呼："为了新中国，冲啊！"一声巨响，地动山摇。董存瑞和敌人的碉堡被炸得粉碎……

看到这里，我哭了，我被董存瑞英勇的行为打动了。他从小就有保卫祖国的信念，他在战斗中用自己的生命为部队开辟前进的道路。虽然他牺牲了，可他的精神却永远留在我们的心中，他舍身为国的革命精神，激励着无数革命英雄，为了我们的国家，为了人民的解放不懈奋斗着。虽然董存瑞牺牲了，但是，他那视死如归、英勇奋战的革命精神将永远激励着我们不断奋发进取，勇往直前。现在我们每天都衣食无忧，生活在温暖的家庭中，在宽敞明亮的教室中学习。如果没有中国共产党，还会有现在美好、快乐的生活吗？每想到这里，我就想起了一首歌："没有共产党就没有新中国，共产党辛劳为民族，共产党他一心救中国……"想想我们平时，遇到一点困难一点挫折就会垂头丧气，叫苦叫累，心中真是无比惭愧！董存瑞的英勇事迹给了我很大的启发，我决定要向他学习，做一个勇于拼搏、不怕困难、不怕吃苦的人，在今后的学习中再接再厉，争取更好的成绩。

同学们，正是有了共产党，才有了新中国，才有了我们今天幸福安康的生活，我们一定要珍惜现在每一天的幸福生活，并要好好学习，天天向上，将来也为祖国的建设尽一份力，报效祖国！